中公文庫

日日雑記

新装版

武田百合子

中央公論新社

目次

日日雑記

——いなくなった人たちに

正月三ガ日。

元旦。起きて外《そと》見る。人の姿車の影なし。また眠る。起きて外見る。人の姿車の影なし。また眠る。大晦日の夕方から悪寒発熱、年をまたいで、しんしんと寝込んでしまった。

二日。起きて外見る。年始回りの夫婦が桜並木の道を歩いて行く。盛装の女房をつれて、普通のみなりの男が歩いて行く。熱を出しきったあと、ぬけ殻のようになった私は九階の窓から眺めながら、（女房を愛してない男って、正月三ガ日はイヤだろうなあ）と思う。

陽が傾いてこないうちに、近くの氏神様へ初詣に出かけた。（家内安全商売繁昌、眼がよくなりますように。そしてバチがあたりませんように）と柏手をうつ。ありったけの願いごとを、どっと八百万《やおよろず》の神様にお願い申し上げたいと思うのだが、これで全部。

三日。今日の××デパートの新聞折込広告はすごい。断然、他をひき離した。

『これでめでたさも最高潮の七階催事場。

○山手七福神××デパートに出開帳。家運隆昌、縁結び、病魔退散、学業成就、出世開運、芸能成就、延命長寿、無病息災、富裕積徳、財福招来、知恵増長、清廉微笑。七福神の寺を新春に順に巡ると、一挙七倍の福運が授かると伝えられています。

○全国縁起絵馬展。

○現代占い名人会。手相人相占星術四柱推命学、日本を代表する九人の先生が春一番の開運占い。毎日五人の先生が交替出場。

○福縁起。五人の名人芸にめでたさをみた。指頭画家、米粒芸術、錦似顔絵、糝粉《しんこ》細工、あめ細工。

○賑わい福芸。もちつき大会、太神楽、獅子舞、お諏訪太鼓、猿まわし。

○門前茶屋招福亭。

○ミニ盆栽市。

○福縁日。

などなど』

とにかく××の七階催事場にきてごらん。あちこち歩きまわらずとも、あっという間にめでたくなれるよ、と極彩色の折込広告が叫んでいるのだ。

ダンボールを重ね敷きした上に捩《ねじ》れたようにねころんでいる新宿地下道の浮浪者たちも、どこか一点（ズボン、またはズック靴、またはジャンパー、または頬被りのタオルなど）、いつもより小綺麗なもの、新しいものを身につけてねころんでいる。

赤い提灯《ちょうちん》をめぐらした××デパート七階の会場の中は、ごった返す老若男女の頭の上を、奥の方からお神楽の笛太鼓、右手の方からお琴の演奏が流れてくる。着ぶくれた外套や和服コートのすき間を縫って、福引の玉の転がりまわる音、客引きのくり返すオメデトーゴザイマス、アリガトーゴザイマスの声。門前茶屋からのうどんつゆの匂い。

張子で作った鳥居や置石にビニールの笹や草をあしらい、御本尊様の写真額や三宝にのせた水晶玉を飾った山手七ヶ所の寺社の出店をまわって、おさい銭をあげては手をすり合せて伏し拝む老人や老婆。

筆を使わず、指で朱竹を色紙に描く老指頭画家は、一枚描き終わると、弟子らしく傍らに控えた自分と同様に頭のはげた老人に向って、ツメキリ、と気難しく言い、爪切りを持ってこさせて朱く染まった人さし指の爪をつませる。

総髪和服、茶のチャンチャンコの錦似顔絵画家のまわりが最も人だかりが多い。若衆まげ、侍、町人、遊女、花嫁角隠し、桃割れ、稚子まげ、豪傑、など、お客の注文の髪型に、注文主の似顔絵をはめて墨描きし、唇や襟元に色を三色ばかりさして出来上り。「桃太郎に」と注文して、Hは描いて貰った。「似てる？」「似てる」「嬉しいねえ」

糝粉《しんこ》細工屋とあめ細工屋は、昼御飯を食べに行ったとかでいなかった。

大小三百の余も並べてある絵馬のなかで気に入ったのは、『蛸章魚願開運陰陽抱叶（よくは分らないが、こんな風に読みとれた）』なる文字と二股大根が二本組み合さっている図柄の絵馬。絵馬には奉納祈願者の姓名と年齢がたいてい書いてあるが、この絵馬には、四十三歳、男、とだけで姓名はない。恥ずかしかったのだろう。四十三歳――この年ごろあたりは、自信を失いかけた性のことで男が悩む最初の難関なのだろうか。絵といい文字といい、いかにも思い余って奉納祈願した感じだ。絵馬展の出口の柱のところに、坊主刈りの背広の男が、ぐったりとしゃがんでいた。さっきも人混みをかきわけて進む女房に、「ああ、気持わるくなってきた。これまだずっとやってるんだろう、松の内は。五日にもう一度出直してくるか」と半ば独りごとめいて話しかけながら随いて行く男がいた。栗きんとんと蒲鉾と黒豆を食べて、日本酒を飲む、或いはお屠蘇を頂く。そして動くと、何とも言えない気持のわるさになってくるのだ。京都の紙屋の出店があったので、祝儀袋と香典袋、十枚ずつ買った。本年一年分のつもりである。

箱にしまわれますとき、香典袋の方は裏を上にして箱の一番底にしまわれるのがよろしいかと存じます、と男の店員が教えてくれた。

ある日。

玉（うちの飼猫）は今朝八時までに、日光浴をし水を飲んで牛乳を飲んで「北海しぐれ（カニアシの名前）」を食べ、毛玉を吐いてゲロも吐いて、うんことおしっこをした。あっという間に、一日のうちにすることを全部してしまった。玉は十八歳、ヒトの年齢でいったら九十歳である。若い。えらい。すごいと思う。

午前中本郷の印刷屋に用足しに出かけ、帰り、根津の貝屋で「新のり」四百八十円。

昨日今日と続けて急に冷え込んできた朝にとれた海苔を食うとうまい、と貝屋のおじさんは言う。俺はわさび醤油で食ってんだ、と言う。そうか、そういう食べ方は知らなかった。朝御飯を食べずに出かけてきたので、急いで戻って御飯を炊いて試してみた。

それだけではもの足りないように思ったから、ちょっと考えて、ねぎを刻んだ。刻みねぎに醤油をたらして熱い御飯の上にのせて食べ、次にわさび醤油の海苔をのせて食べた。まだ少しもの足りないような気がして途中で考え、甘いいり玉子をこしらえて、三種類を代り番こに御飯にのせて食べた。

しばらくして気持がわるくなった。

ある日。

『×××』の試写会。午後三時、銀座でＨと待合せ。試写室は満員の盛況。補助椅子に坐れない人は立見。

映画がはじまると、隣りの縞背広のポマードの匂う大男は、とめどもなくあくびをしはじめ、少し経つと深く頭を下げて眠りに沈み、そのうちに大いびきをかく。

しかし、この人が早々と眠ってしまったのは賢かった。きっと、はじめの方を観ただけで面白いか面白くないか感じとることの出来る、映画業界の眼利きなのだろう。おそろしくつまらない映画だった。眼をつぶれば、そのまま流れるように眠りにおち、隣りの人同様、いびきをかく心配があったので、上瞼がおりてこないよう（つまんで、ひっぱって、めくり上げて）努力をしながら、（この映画が終わって表へ出たとき、もしHの第一声が「いい映画だったわねえ」であったら、その頭をはたいて「ワシの子ではない!!」と言ってやろう）と思っていた。

映画が終わって、のろのろと立ち上った皆の顔は、ぼんやりしていた。西洋人の東洋趣味（黒紋付きを羽織って放火などする）をみせられて、皆、照れ臭いような。居心地がわるいような顔になっていた。

夜になった銀座の裏通りを黙々と歩いた。一ヵ所だけ黒い四角い固まりのようになって見える金網を張った狭い空地の前まできたとき、「ひどい映画観ちゃった」とHが呟いた。それから二人とも金網につかまって大笑いした。

あんまりへんな映画を観てしまったから、何かおいしいものでも食べて挽回しよう（――というか、おいしいもので腹立たしい気持をくるんでしまおうというか、――）

と、ガード下近くの中華料理屋に入り、春巻とえび団子と野菜炒めとかに玉をとって、御飯を食べた。

ある日。

通信販売の新聞広告に無水鍋というのがのっている。買いたい。隣りにスパゲティ製造機がのっている。それも買いたい。しかし、スパゲティ製造機の方は、しばらくの間写真を眺めているうちに、買っても一度か二度使ったあとは、ずっと使わないであろう予感がしてきた。無水鍋の方は、眺めていてもそのような気持は湧いてこず、重宝しそうに思えた。これを一つ買おうか、とHに見せると、うちは鍋が沢山あって置く場所がない、と言った。

「じゃあ、一番古い、手がとれても使ってる、あれを棄てて……」そこまで言いかけて、ふと廊下を見ると、奥の部屋へ向って歩いて行く途中であった玉が、右の前肢を一歩踏み出そうとして宙に浮かせた恰好のまんま、カナシバリにあったごとく立ちすくんでいた。私の声の方角へ三角の耳をぴんと振り向けて。古い？……棄てて？……とは、このワシのことか？という風に。

ある日。

晴れ。「昨夜みた夢は、めずらしくはっきり覚えてる。隅田川をわたしがいい気持になって泳いでいる。そしてすぐ斜め上を、並行しておかあさんが翔んでました」朝御飯のときにHが言った。

「このあたしが？　このまんま翔んでた？　空中を？　羽もなくて？　こうやってか？」

「うん。そうとしか思えない。すぐ斜め上というのは空中だからね」

「どんな顔してた？」「まじめな顔」

テレビを見ていたら、大家族の中で暮している老人は、一人暮しの老人より長生きであることが、調査の結果わかった、といっている。理由は刺激があるので若々しく長生き出来るのだ、とその番組に出てきた老人学専門の学者がしゃべっている。では一人暮しの老人より、どのぐらい長生きなのかなと、関心をもってそのあとを続けて見ていたら、全く、ほんの、すこうしだけ長生きなのであった。何だ、鬼の首でもとったような騒ぎ方をして。一人暮しの老人にわるいではないか。一人暮しを全部が全部好きでやっているわけではないのだ。いろいろな事情があってそうなってしまっている人もあるのだ。ほんの、すこうししかちがわないのなら、いいじゃないですか。大きなお世話です。

K駅のガード下をずっと行ったところに、アカデミ劇場という看板のポルノ映画館があって、老人の日の前後にその前を通ったら、半紙に墨書きの貼紙があった。

『老人福祉週間。証明書をお見せ下さい。半額』この簡単明瞭で温かい言葉。その貼紙を思い出す。まあお客が少ないから、こんなことをしているのかもしれないけれど。いいでしょ、この貼紙見て喜んで楽しみにして半額で入りにくる老人がいるのだから。辛うじて残っているポルノ映画館、ゆらゆらと老人が自転車を漕いで一人やってきて、自転車をたてかけ、汚れた厚ぼったい黒いカーテンをまくって吸い込まれて行く。三本立である。三本立いくらなのだろう。本当のところ、どういう気持でやっているのかはわからないが、老人を半額にしているのは、えらい。証明書をお見せ下さい――、六十五歳以上が半額なのかしら。ただ年をとっているように見えたからといって入れてはくれないのだ。この厳格さ、年寄りだからといって矢鱈甘えさせないのも、えらい。

ある日。
午後、E氏来て確定申告書に目を通してくれる。E氏が帰ってから、羽虫のように雪が漂いはじめ、風とともに次第に多くなり、迅速に雪景色の夜となった。

子供のころ、雪が霏々《ひひ》と降る、という言いあらわし方を、雪がヒイヒイ声をあげて泣いて降ってくるように見えるから、そう言うのだと間違えていた。それからもう一つ、これも子供のころ、間違えていた。隠れて読み耽った大人の本の中によく出てくる、（娘が）犯された、（女を）犯した、という言葉を、殺された、殺した、ということなのだと一人合点していた。殺されたはずの娘が、すぐあとに平気で生きているので何だかヘンだなとは思いながらも。

ドーバー海峡でイギリスのフェリー船が転覆した。死者行方不明二百四十人。テレビニュースで。

埴谷（雄高）さんから、夜、電話があった。
「一昨日、武蔵野の日赤に入院して、昨日（白内障の）手術をし、今日帰ってきました。帰ってきて眼鏡をかけないで、溜っていた雑誌をもう読んでます。先ず最初に澁澤龍彦君の幻覚の文章を読んだ。痛み止めの薬が幻覚をひき起し、その薬による幻覚は、さめてもはっきり覚えているので、澁澤君はそれを書くことが出来たんだね。この間、重症のぎっくり腰で入院した斜《はす》向いのO夫人も同種の薬を痛み止めに使用したらしく幻覚を見、さめても同様に記憶していて幻覚を僕に語りました。澁澤君は文学者だから幻覚も文学的で、蘭陵王などが出てくる幻覚でしたが、O夫人のは幻覚でも極めて現実的でした。『埴谷さんが向うからやってきて柱に頭をぶつけてコブをこしらえた』などという幻覚でした」

ある日。

代々木公園、朝七時。

「アオアエイウエオ、カコカケキクケコ、ラロラレリルレロ」黄色のシャツ、白ズボンの男が芝生のまん中で、突然、はすかいの空に顔をあげて叫びはじめた。そのあと、ハッハッハッと言った。イヤな声だ。啼きかわしていたカラスが一層ざわめいた。屑入れから溢れ、まわりに散乱するグレープフルーツの皮、バナナの皮、空缶、ダンボール、ビニールの笹葉と御飯粒のはりついた折箱、割箸、紐、紙コップ、丸めて力まかせにねじった漫画本、古タオル、古セーターに下着。

上下真赤な運動着の肥った男が走る。二人ぴったり並んで走る短パンツの中年男。水玉模様のシャツの胸を上下させて、ぐにゃぐにゃ走る女。大きな帽子をかぶった中風らしい老人と付添の女が、たどたどしく歩く。老人はお金のことで何か女に文句を言いながら。さっき犬のような息を吐いて走っていたが、やめて歩きはじめたオレンジ色のシャツの男。遠くの遠くでキラリと光る蜘蛛の糸。

私がいつも腰かけることにしている桜の下のテーブル付きベンチに、今日は鳥打帽に古革靴の浮浪者が、左右に世帯道具をつめた紙袋を二つずつ置き、大股ひろげて腰を下ろし、走ってくる人たちを、くわっとした眼付きで眺めまわしている。黒々とした頬ひげの、時代劇に出てくるような立派な顔、立派な体格だ。こういう風貌の人、もしかしたら極端に気の弱い優しい性格かもしれないが、そうでないこともあるから（その保証がどこにあろう）、別のテーブルなしのベンチに腰かける。

「只今は剃髪いたしましてエンサイと名乗ります……小田原のサンダワラのスミダワラの……」

「智恵子は東京には空がないという……」黄色シャツ白ズボンの発声練習の男はポケ

ットに手をつっ込んで近づいてくる。湿り気の多いイヤな美声だ。南の芝生の中はタンポポが真盛り。「ある日のことでございます。お釈迦様は……」「極楽は丁度、朝なのでございます。やがてお釈迦様は……」

この間、残りもののギョーザを持ってきてカラスにやったらが、ギョーザをくわえて神宮の森へ向って翔んでゆく恰好が何とも可愛らしかった。両端がそり返ったギョーザの三日月形《みかづきがた》とカラスの半開きの嘴《くちばし》と青空の組合せがよかったのだ。そうでもなければ、カラスときたら、全くいつだって無表情なんだから。

ある日。

四時、新宿伊勢丹でHと待合せ、アートシアターに『フリークス』を観に行く。剝がれ落ちた壁に落書がしてある古い小さなビル。千円出すと窓口に坐っている角刈り頭の御所人形みたいにつやつやした顔の男が、筋書のビラに、もう一枚桃色のビラを馴れた手捌《てさば》きで重ね、馴れた手付きで引き換えにくれた。簡単な折畳み椅子を四十脚ほど並べた狭い部屋。薄ぼんやりした表情の客が、一人また一人と入ってきて二十人ぐらいになる。窓口の人は、いつか二度ばかり試写室で見かけたことのある佐藤重臣氏ではないかと思ったが、ああいう髪型、ああいう軽快な身なり（紺青色の運動着の上下）の人は、よく小さな芝居小屋やアパートの管理人にもいるタイプなので、ちがう人かなと思い直したりしていると、Hが腰かけるなり、サトージューシンさんがいた、と小声で言ったので、やっぱりそうかと思った。そのうちに紺青色の縫いぐるみのような佐藤氏は、すたすたすたとサンダル履きで客席にやってきて、「ハイ。さっき一万円出した方」と探し、やっと出来た釣銭を渡したりした。時間になると再びすたすたすたとやってきて、客席に向って挨拶、『フリークス』と併映のアメリカの古いミュージカルものは、マザコン故に五度も女房をかえた男が作ったのです。整然とした振付は軍隊の行進を真似て作ったのです、と静かな口調で簡潔な説明を加える。映画のことを話しだした途端に、本当の知識人、学究の人、といった雰囲気の口のきき方になった。話し終えると背後の汚れた壁の中に消え、壁の中でパタパタ音がして、シャーッと映画がはじまった。映写係もやってるらしかった。

　字幕なしのこの短篇ミュージカルを観たら、昔ハリウッドには、いかに沢山の大美女が犇《ひし》めいていたかがわかった。そしてヒトのおかしさ、ヒトの肉体のおかしさのようなものが、ふつふつとこみ上げてきた。『フリークス』の併映にふさわしいものを、いい加減ではなく、よーく真面目に選んでくっつけて観せてくれたのだ。佐藤重臣氏のような人のことを「映画の子」というのだろう。

ある日。

「テレビ三面記事」という番組。——熊本県の田舎に泥棒がやってきた。それと気がついた村の人たちは何とか芝居をうって引きとめて捕まえようと、田んぼを見せたり、寄ってたかって世間話をきかせたり、泥棒の自慢話をきいたりして、時間を稼いで捕まえた。そのさい、一番早く見破って通報し、一番の手柄をたてたお婆さんが、何十年もの間、一日として欠かさず日記をつけ続けている日記婆さんであることがわかったので、テレビ局の人が見せて貰うと、「×月×日、クモリ、ワルモノガキタ」とだけ書いてあった。お婆さんは毎日一行の日記をつけていた。村中こぞっての大騒ぎがあった日の日記もこれだけだった——。

ああでもない、こうでもないと、日日だらだらとものごとを書きつける私は恥ずかしい。

ある日。

歌舞伎座。「通し狂言　櫻姫東文章」プログラム千円。自分の席に腰を下ろして、まず辺りを天井まで見まわす。ふつふつと嬉しくなる。プログラムを見る。「発端江の島稚児ヶ淵」字を見ただけで、ふつふつと嬉しくなってくる。また辺りを見まわす。二人連れのおばさんがきて前の席に入り、休憩は何分でしょうかねえ、などと言いながら、羽織を畳んでいる。またプログラムを見る。孝夫扮する中間の釣鐘権助が、玉三郎扮する櫻姫を足で抱き込んでいる極彩色写真。おや、孝夫の素足が、こんなになってる。お姫様の振袖の、とんでもないところから浅黒い素足の先が出ている。ふつふつと嬉しくなってくる。柝《ひょうしぎ》が一つ鳴る。客席のざわめきがひいて、柝が二つ鳴る。何だか、豆の煮えてくるみたいな匂いが漂ってくる。満員の客が吐く息の匂い。

真暗な舞台の中空に金色の大きな三日月がかかり、鎌倉長谷寺の修行僧清玄（孝夫の二役）が、衆道の間柄である稚児白菊丸（玉三郎の二役）をつれて花道をわたる。

おばさんたちは、

「ボーサン　キレイ」「キレイナボーサン」と溜息の声を発し合い、肯き合う。

休憩。おばさんたちは、耳だけ真赤に火照らせて、魔法瓶を足の間の床に置き、おにぎりだの寿司だのサンドイッチだのを交換し合って食べる。海苔巻など、ただの海苔巻ではない。御飯粒の代りに蕎麦を巻いた海苔巻である。三日月に切ってきたオレンジを食べる。次に箱のコーヒーをストローで吸う。次に球体や立方体の赤や緑の、何だかよくわからないものを食べる。はじめのは自分で作ってきた食物で、あとのは買ってきた食物らしい。そして、むせたりしながら、

「……あまり、ひどいことしなかったように思うの」「親の愛情よね。一つの教育よ」「そうしなかったら生きてゆけないものね」「父は事業家でもあるけど学者でもあったの。勉強家で、金時計組でね。あの頃の金時計といえば……」「あなたもお便所が遠いたちね」「ええ、わたし外へ出たらね、行かないようにしてるの」「いつもこういうの召上ってるの」「いつもではないの。いろーんなの買って食べてます」と、ベルが鳴るまで休むことなくしゃべり続ける。

おばさんたちは、舞台のまん中で、キンキラキンの装束の武士二人が大立回りを演じ、何べんも見得を切ってみせてくれていても、そんなものは見ない。いましがた、反り身になって権助（孝夫）が歩き去ってしまった花道の揚幕の方に顔をねじ向けて、もしかしたら戻ってくるかもしれないと、酔ったように待っている。

私はブロマイドを長いことかかって選んで、二枚買った。

帰り、少しいびつな大きな月が出ていた。三原橋の赤信号で溜っている人たち（ほとんど女ばかり）は、月など見もしない。月など気がつかない様子で、「仁左衛門が、昔いい男の代表だったんですよ。わたし好きでねえ。だからねえ」などと、昔観た芝居や今日の芝居の話を、てんでにしていた。「いいような悪いような男ねえ……」と感無量の声で話しているのは、権助のことらしかった。いいような悪いような……ほんとうに、その通り。うまい言い方。あんなワルい男はいないのだが可愛らしいところもあるし男ぶりはいいし。権助は自分の子供でも全くきらい。櫻姫も自分の子供以外の子供はきらい。二人とも体が丈夫で屈託がない。他人のことなんかかまわない。無駄口を叩かない。述懐しない。櫻姫は大名のお姫様なのに、悪党権助を好きになれば男と同じ彫りものを腕に入れ、その好きな男に売りとばされれば、さっさと宿場女郎の売れっ妓となり、むやみに身の上を嘆きもせず、お化けなんか出てきてものんびりと煙草をふかしながら、うっとうしいねえ、と叱りとばし、そのお化けから、権助が父と弟の仇であることをきかされると、権助と権助との間に出来たわが子もろとも殺して、いままでのことはけろりと忘れてしまったかのごとく、ひとり晴れやかなお姫様に戻るのである。櫻姫こそがお姫様中のお姫様、極め付のお姫様というのだろう。一番ワリが合わず、ひどい目に遭ったのは、必死になってお姫様に仏道を説き、いつもやることなすこと、わが身を深く反省して悩んでばかりいる阿闍《あじゃ》梨《り》清玄だ。阿闍梨というからには相当の修行も学識も積んだ高僧なのだろうが、その修行と学識は何の役にも立たず、浮浪者となって、しまいにはお化けになってしまうのだから。それにしても坊様のお化けというのは、何ともいえない妙な気味のわるさがある。二度死んでるみたい、だからだろうか。

芝居帰りの人たちは、タクシーを拾ったり、地下鉄のりばの階段を降りたりして次第にいなくなり、数寄屋橋までくると、赤信号で待っているのは、五、六人の男ばかりになった。皆お金がなさそうな顔して待っている。向いのビルの屋上の赤いネオンが上へ上へと上って消えかかると、下から青いネオンが追いかけて上っていく。今日は水曜日、一週間のうちで一番人出の少ない晩だ。獣の腹毛をむしって吹き散らばしたような雲が、月の表を早く動いてゆく。

有楽町のガード下で、甘栗を買った。五千円札を出して千五百円の袋を買った。六十位の甘栗屋のおじさんは、五十半ば位のおばさんと立話していたのを中止して、千五百円の袋のほかに、おまけだと言って赤い小袋に一摑み入れ、おつりと一緒にくれた。三千円しかおつりがないと私が言うと、三千五百円あげたと言う。貰わないと言うと、話を中断させられていたおばさんが、

「確かに出したよ。あたし、ちゃんと見てたもの、ねえ」と、口をはさんできた。でも貰わないもの、と私は言った。おばさんは首に巻きつけた薄紫のふわふわした布をゆるめて息を一つつくと、厚化粧のしわ深い顔の中にぽつんと光っている黒々とした奥眼に、力を漲らせ、黙っているおじさんの右手を摑みあげて、

「あたしゃ、確かにこの旦那さんの指が、この指と、この指と、この指が、こう動いてさ、千円札三枚と五百円玉とり出したの、この眼で見てたもの」と、弁護した。甘栗屋のおじさんと恋愛しているのだ。家に帰ったら五百円玉が手提げの底にあった。


　ある日。

　うす青い空。いい気候。上野東照宮の牡丹を観に行く。

　牡丹園には、ナウい男女は一人もいませんでした。牡丹園には、金持そうな人もいなかった。上等そうな和服のおばさんがきてはいたが、それでも、代々の金持、とい

った雰囲気の人ではなかった。商家の旦那風の色つやのいい肥ったおじさんが、お妾さん（あきらかに奥さんではないのだ。矢鱈、ぎゅうぎゅうと、帯の上から抱え込もうとしていたのだから）をつれて見物にきていた。お妾さんは、頭髪をふくらまして、こてこてに油でかためて結い上げた髪型の五十年配の人だった。おじさんは、そのお妾さんに向って、上機嫌な元気のいい声で、

「オレ、これ好き！」「この色、好き！」と、気に入った牡丹をみつけると感想を叫び、叫ぶたびに短い腕をまわして、ぎゅうぎゅうとお太鼓帯の上からお妾さんを抱え込もうとするのだった。その二人が、見物人の中では一番景気がよさそうだった。

　桃色の大輪の牡丹を写生している人も、絵はうまいが元気がなく、お金もなさそうだった。見物人のほとんどが写真機を持っていて、中にはすごい写真機の人もいたが、お金はなさそうで、元気もなかった。

　牡丹園の隣りの天幕では、鉢植の牡丹を即売していた。散り残る八重桜の下の、軒の低い暗い茶店で、咲きかけの花がついた牡丹の鉢を四鉢も買ってしまった中年の夫婦が、足下に鉢を置いて、チャーシューメンとビールで赤黒い顔になって酔払っていた。裏の方でにわとりが鳴いていた。

公園の外れまできてベンチに腰かけていたら、向うの方から、長い黒いヒゲを生やした有名な講釈師が弟子をつれて歩いてきた。脅えたような真剣な顔つきで、せかせか歩いてきて、突然のように直角に左折して駅の方へ下る石段を降りて行った。

「……あなたのやさしさを……B型の人もO型の人も……」献血車の拡声器から流れてくる声。

「ねえねえ。献血すると牛乳飲ましてくれるの？」「そう、でも牛乳きりよ」女学生が二人通って行った。

ある日。

夕方まで、だらだらと雨が降った。少し裁縫をし、少し本を読み、電話がかかってきて、ちょっと喧嘩した。夜になると、ざんざん雨が降った。レコードを出してきてかけた。

X氏が電話をかけてきて、私のやり方（暮し方）について、あれこれと説教したのだ。あまり強引な言い様だったから、むっとして「自分のことは自分できめる!!」と、言ったのだ。自分の吐いた言葉が、めったに使ったことのない言葉だったので、電話をきってからも、しばらく興奮していた。興奮が去ると、使いつけない言葉なのに、どこかで聞いたことのある言葉だと思った。よく考えてみたら、一週間ほど前、日本の総理大臣がアメリカに行き、向うのえらい人たちにとり囲まれて、日米貿易摩擦の牛肉、オレンジ、自動車を問いつめられたとき、ついに口から滑り出てしまった一言なのだった。また、総理大臣は帰国すると官房長官（？）から忠告をうけたが、そのさいにも「自分のことは自分できめる!!」と口癖になってしまったかのように返事した一言なのだった。私は新聞で読んだのだ。

新聞で。女が男を殺した。その男は、夜遅く帰ってくるわ、ぶらぶらしてるわで、どうにも仕様のない男だったので殺してしまった。殺してしまったあとで分ったことには、男は稀代の大泥棒で、長い間必死になって警察が捜していた人物だった。夜遅いのは泥棒だから当り前だったのだ。昼間ぶらぶらしてるのも当り前だった。せっせと泥棒して、少なからぬ金品を女に渡していたらしい。何だかこの男、可哀そうだ。

ある日。

「母の日を今日やる。何が食べたい？」とHが言った。「何でもいい。でも小僧寿司はイヤだ」と私は言った。ついこの間、Hの写真の仕事を手伝った（背景の布を持ったり、照明器具を動かしたりするだけ）あと、被写体の主役となっていた小僧寿司を、深夜お腹の皮が千切れそうになるほど食べたばかりであったから。

電話帳で調べて、新宿西口の長い名前のイタリア料理店へ出かける。御飯どきなのに客は一人もいなかった。ビールをとって、カプリサラダ（わかめ、いか、玉ねぎ）と、セット料理（ピラフ、小牛ソテー、茄子サラダ）をとる。ソテーを口に入れたら、まずい。茄子を口に入れたら、まずい。ピラフもまずい。まずいというより、へんな味。西洋料理だから肉を、と思って注文したのがいけなかった。ピザにしておけばよかった。わかめだけ普通の味。六千円。

心の方は、残してはいけない気持なのだが、胃の方が拒食していて食べられない。

入ってきて腰かけて天井を見まわしたとき、イヤな予感が実はした、とHは言った。誰か入ってきて、何か注文して、まずさに驚く顔を一目見てから帰りたいと暫らく待っていたが、誰も入ってこなかった。

店を出て歩きだすと、全身がだるい状態になっていた。ソフトクリームを買って、すぐさま食べる。胃の中のまずいものをくるんでしまおうと。

暮れなずむ超高層ビル街のレンガ塀によりかかって、ソフトクリームをなめながら、Hとした話。

「今年は、あんたは厄年だからね。あの店で厄落ししたと思えばいいんだ。よく厄年には財布落したりすると厄落しだというでしょう」

「本当だ。まずいもの食べると、財布落したような気分だ。今日は六千円入った財布を……」

それから、思い出に残るまずい食物を、めいめいにあげた。Hは、友人の家で御馳走になった、北海道から送ってきたという肉を入れた、泡がもくもくといつまでも湧き出てくる鍋料理。私は、O氏の家の「今日はお客さんだから、特別にシューマイと卵を入れたよ。三越のシューマイだよ」といって出してくれたプスプス煮つまって緑灰色になった汁のおでんと、青山三丁目のオムレツ屋のオムレツと、神宮外苑花火大会のたこ焼だった。それから、今後は母の日だとか誕生日だとかに、特に張り切って、いい目にあおうと出かけたりするのはやめにしよう。毎日、自然に飲食しよう。とも話し合った。

ある日。

夢。猫が家じゅう駈けずりまわる。廊下から座敷から。はしまで行くと方向転換して駈けずりまわる。向きをかえるとき、猫はU字状に胴体をくねらせ、かえるたびに一回りずつ猫の体が大きくなってくる。私は座敷のまん中に坐って、それを見ている。本物の私よりずっと若いようだ。座敷の向うに、また座敷があり、左右に障子が開け放してあって、その先は眩しいばかり明るい庭、庭の池に黄色のあやめが真盛り。

夢は、たいてい起き上ると（体がタテになると）、すっと忘れてしまうが、猫そのほか獣が出てくるのは、どうしてか覚えている。この間、粗品ですが眼の疲れによろしいですよ、と薬屋がくれた宣伝見本用のスッポンの粉をのんで寝た晩は、東西南北、あっちからもこっちからも、ニワトリの首玉をくわえた猫が一匹また一匹と現われ出て正面へまわり、私の方をじっと見ていた。ニワトリは伊藤若冲の絵のニワトリで、トサカが真赤だった。ニワトリをくわえた猫は続々と増えつづけ、しまいには、うちの玉もニワトリをくわえて混じっていた。

拒食症の姉が、食べ好きの妹をナワトビの紐で殺す、と新聞に出ていた。

――反省してみると、あたしはここ一週間ぐらいの間に俄かに肥った。××屋のものを買ってきて食べたらおいしかった。それで翌日も買いに行く。飽きるまでくり返していたら肥満したのだ。つまり買いに行かなければいいのです。簡単なことなのだ。

――そう述懐すると、

――わたしが肥っている理由も簡単です。食べ過ぎです。何故食べ過ぎかというと、わたしとしては、××屋のものを今日はこれだけにして明日また楽しみに食べよう、と残り半分をとっておきたいのです。でも、そうすると留守中に必ずおかあさんが食べてしまうので、食べられてしまうのを防ぐために、一気に口の中へ入れてしまうのです。――とHは言った。

晩御飯のとき、一抱えもあるように見える大きな赤黄色の月が、東京タワーの真上にどんよりと現われた。Hは写真機を持ってきてうつした。私は双眼鏡で見てみた。あっというまに中天に昇り、普通の月になった。

ある日。

赤坂御苑でひらかれた天皇主催の春の園遊会をテレビのニュースでみる。天皇はひと頃よりお元気の御様子。

ひと頃は、ふらふらと斜めに歩いて行ってしまわれたが、今日は足元も確か、前方に蹴り上げるような足どりで、手を振り、真直ぐに歩かれた。例のごとく、めぼしい招待者の一人ずつに声をかけられる。その声にも横顔にもツヤがあった。過日、誕生祝賀の食事会の席上で、げろを吐かれたのが、却ってよかったかもしれない。気持よくなられたのだ。

三波春夫は、さすが歌手だけに、ほかの人たちより姿勢もよく、音吐朗々「ますます御健勝であられますよう」と、お返しの言葉を立派に述べた。三原山噴火の大島町長夫妻も並んでいた。天皇が、大へんでしたね、と声をかけられると、痩せました、と町長夫人は答えた。天皇は何度も肯かれながら、次はその隣りの顔の大きな老婦人へ、

「どうです？　ときどき、あのときのことを思い出して……えッ？　非常に愉快な気持になっているでしょうね」と、実に人なつこそうに声をかけられた。このような質問から察するに、この老婦人は運の悪さを克服して立ち直ったえらい人ではなく、運がよかった強かったえらい人にちがいないが、一体誰なのかしら、と思ったら、昔の

オリンピック水泳選手前畑秀子さんだった。天皇が年をとられても、はっきりした頭脳の持主であられることに感心した。もし町長夫人と前畑秀子さんとをとりちがえて話しかけられれば、大へんなことになってしまう。

だいぶ前に、何かの記念に作ったらしい『天皇の散歩道』という題のテレビ番組を見た。笛とクラシック音楽が流れるなか、皇居のお庭が隅から隅までうつし出された。自然がいっぱい。おびただしい種類の植物が、とてもうまく植わっている。池が立派。蓮がある。でも整然としていない。ちょっと荒れた感じ、廃園の感じがある。お堀には肥った黒い鯉、何種類もの水鳥、亀。八百本の桜、枝垂桜、菜の花、桃、山吹、蕗、筍。一つ一つ何でもかんでも丹念にうつして見せてくれた。てんとう虫まで。蛇もうつる。お堀の石垣を伝う光る蛇。うっとりした。日本一の庭ではないかと思った。もう一度見てみたい。

ただ、語り手が庭の説明にはさんで、天皇がどんなにいい人であるかを、あまりたびたび言うので、もしかしたらいい人ではないのじゃないかしら、と思わせてしまいそうであった。

ある日。

赤坂見附の駅の前の花屋に、青色の菊があって気持わるい。インクでも溶いて吸わせたのかしら。構内の階段を降りて行くと、むっとする。切符を買って改札を入ると、もっとむっとする。階段のところどころが欠けくずれて、ヤニ色の水が溜っている。じっとりと湿っぽいコートを着て、雫の垂れる傘を持った皆は、そこを避けてのろのろと降りて行く。ホームはもわあっとして羊小屋のような臭い。青山一丁目で人身事故があったから、電車は遅れると放送している。飛び込み自殺らしい。体と体がこすれ合いそうにホームに溜ってしまった人たちは、傘をふるってみたり、もぞもぞと巻いたりしながら、うつむいて放送をきいている。駅員が通りかかっても、誰も何もきかない。ＯＬ風の娘が三人、動物の芸当の話をしていた。何といっても象の水上スキーよねえ。あれはどうやって訓練するのかねえ。

ベルイマンの映画を観てから、「徳川」という㊙大奥ものの舞台装置みたいな江戸趣味の店で、三色鳥弁当を食べ、そこを出て別の店に入って氷ミルクをのんだ。氷ミルクには缶詰のみかんがのせてあって、かきまわしていると、中からアイスクリームが出てきて、さらにかきまわしていると、底の方から白玉が三つ出てきた。眼玉みたいで気味わるい、とHは元気なく言って残したので、私が食べた。唇がしびれてきた。地下道を歩いているとき、だるくなり、自分がどこにいるのかわからなくなってきた。どうしてこんなところにいるのだろうと思った。Hにそう言うと、わたしはさっき鳥弁当を食べていたときにもうそうなっていた、と言った。映画のせいだ。ベルイマンの映画観たあとは、どういうわけか、一寸の間こんな風になるのだ。

ある日。

一億円を拾った大貫さんが、久しぶりにテレビに出た。大貫さんの家には、大貫さんの家にはありそうだなと納得がいくもの（大貫さんが好きそうなもの飾りそうなもの）が、全部揃ってあった。例えば、イタリア産の酒（藁のハカマをはいている。空瓶）。大理石風のテーブル。革風のソファ。金色の位牌。魚拓。私は何故か、よその家に行って魚拓が飾ってあるのを見ると、その家の主人がいい人のような気がする。と同時に、ちょっと、がっくりとなる。

大貫さんは相変らず元気だった。変ってなかった。その後、十万円拾ったそうだ。落ちているものは見過すことが出来ない、と自身の性分を朗らかに語る。きゅうりが一杯詰まったダンボール箱、風にひらひら舞ってきた千円札、ネクタイピン、腕時計、も拾ったそうだ。バレンタインの日には、チョコレートのセット一箱を拾ったこともあるそうだ。

四ツ割りの西瓜を買って冷やしておいたら、Hも四ツ割りの西瓜を買って帰ってきた。

ある日。

庫裏《くり》の方に大工が入っているらしく、シロちゃん（住職）がお経をあげている間、ときどき金槌の音が聞えてきた。遅れてきたタイガクさんは、そそくさとお袈裟をつけるとシロちゃんの脇に坐り、後半の1/3ぐらい、一心不乱に木魚を叩いた。お経が終わると、いつもならば、簡単な挨拶とか、「親という字は立って木を見ると書く、男という字は田んぼに力を入れると書く」などの短いお説教とか、御十念を唱和するとか、しめくくりがあるので、一同その気になっていると、シロちゃんは目礼もなく、鶯色の衣がひろがった後姿と白足袋の裏を見せて、襖をあけて奥の廊下へ出、うしろ手に襖をぴしゃりとしめて、それきり現われなかったから、一同、手持無沙汰でぼんやりしてしまった。シロちゃんは心臓の持病があるから、急に気分でもわるくなって奥の部屋にかけ込んで横になってしまったのかもしれなかった。

施主の義兄《あに》（夫の兄）は、奥さんのヨシ子さんに促されて挨拶のため出席者の方に向き直り、「えー。本日は」と言い出してから一寸考え、「もういいでしょ。わかってるでしょ。もういいわ」とやめてしまったので、一同笑いだしてしまった。義兄は寺の長男として生れたが僧侶とならず、魚の養殖学の先生をしている。もともと口数の少ない人なのだ。夫が死んだときも、終始黙々と控えて、自分の感慨は口に出さなかった。一度だけ、お骨にして焼場から戻る道で、「さっき、おかまの奥へお棺がすーっと入って扉がしまった瞬間、いまと同じ気持、ずっと前にもしたことがあるの思いだしたよ。サッちゃん（夫の幼名）が出征するのを品川駅で見送ったときの気持だ」と、私のそばへきて小声で言った。

今日の義母《はは》（姑）の法事に集まったものは、義兄夫婦と、その四人の子供たちと配偶者。次男の夫の家族である私とH。義兄と夫の妹で、寺に嫁ぎ、戦争中に病死したマユリさんの二人の娘。叔母（姑の妹）の孫娘二人。法類あるいは縁続きの寺の坊様ミツユウさんタイガクさんタイケンさん。それから戦中戦後にかけて姑の身の回りの世話をしてくれたMちゃん。

タクシーに分乗して目黒の雅叙園へ行った。シロちゃん（夫の従兄の息子）は、あと一つ法事があってお経を頼まれているので来られなかった。私のタクシーには義兄の息子二人とS寺の住職夫人となっている姪一人が乗った。雅叙園に到着するまでの間、羅漢寺の五百羅漢がいかに見事であるかを、姪はおっとりと話し続けていた。

雅叙園の宴会部の表玄関には、印ばんてんを羽織った、いまどき珍しいほど多勢の下足番が待ち構えていて、到着すると寄ってたかって上にあがらせてしまう。ロビーの格天井《ごうてんじょう》の一コマに一種類ずつ、カボチャ、バナナ、仏手柑《ぶっしゅかん》、桃、ブドウなど、漆塗りの果物の彫刻がはめてある。遊園地の張りぼてのような滝。便所の戸をあけると池があり、池には鯉が近づいたり遠ざかったりして泳ぎまわり、丹塗《にぬり》りの欄干の橋がかけてある。橋をわたって便所に入れば、中は床の間のちがい棚がついていて人が数人はねころべる広さ。鳥海の間という座敷まで、雲母色の光線の澱んだ薄暗い幅広の長い廊下をスリッパで踏んで渡って行くのだけれど、右側の壁はいちめん鏡張りで、左の壁に並べ飾られた美人画や風景画の前を通過するとき、自分の姿が、濁り水の中から浮び上って画中の人物になったようにうつる。なまめかしい、くすぐったい気分だった。

鳥海の間の格天井に、それぞれはめてある絵は、極彩色のたこ、かに、貝、魚、水鳥など。壁の絵は水鳥と草花。床の間の掛軸は、大輪の白い花に二匹の蜂がきている絵。竜宮城になっているのだった。

義兄は、先頃行ってきた台湾の汽車の話をぽつりと短くした。日本人の坊様なのにローレンス・オリビエにそっくりなミツユウさんは血色もよく、上機嫌で、パミール高原へバスに乗って行った話をした。ミツユウさんの奥さんのハル子さんは風邪気味で、鼻をかんでばかりいた。豊かな肉づきの華やかな人だったのに、何だか二回りも嵩《かさ》が減って小柄になっている。タイガクさんは、冬の間、死にそうになっていたのだそうだ。もう死んだっていいやと思って寝こんでいたけれど、春になって、こんなことしちゃいられない、本堂の再興をしてからでなくちゃ死ねない、と気をとり直し、毎朝十句観音経を十遍あげているうちに声が出るようになった。杖をつけば一人でこうやって東京にも出てこられるようになった、と痰のからむ声でせかせか話した。タイガクさんは料理をとるのに手が震えて、皿と箸をカタカタカタカタ鳴らすので、ミツユウさんがとってあげた。二人とも、たしか天皇と同い年である。タイガクさんは頭の方ははっきりしていて、「雅叙園はたしか、入江たか子がマネージャーしてたのよ」などと、ほかの誰もが知らないことまで知っていた。また週刊誌もよく読むらしく、「武原はんは若いねえ。八十幾つかだってね。いまでも踊ってる写真は若くて綺麗だねえ。あの人、家を建て替えるんだって。や、もう建て替えたのかな。その間は鎌倉にいたんだって」と、若い綺麗をくり返し話題にしたため、ハル子さんは不機嫌な顔になった。

　タイガクさんは、自分でとるからいい、いい、と義兄がいっているのに、杏仁豆腐をとりわけてくれようとし、杏仁豆腐をいっぱいにすくって入れた小鉢を義兄の前に差し出した途端、手をふるわせてとり落し、ビールのコップもなぎ倒し、そのへん一帯を水浸しにした。

　孫たちは、おばあちゃん（姑）が恍惚の人となってからの話をして笑っていた。ほかの人は自分の体の具合や旅行の話をしていた。Mちゃんだけが、「大奥様はお綺麗で、本堂への渡り廊下を歩いておいでのお姿など、いまでも眼に見えるようでございます。花道を役者が歩いてくるみたいだと、みんな申したものでございます」と言っていた。

ある日。

湯島での用足しが早く済んだので、不忍池をまわって、池の畔りの入口から上野動物園の水族館へ行ってきた。梅雨晴れの一日。水かさの上った池に柳の葉がおびただしく浮んでいた。

動物園を見物する順序は案外難しい。上野動物園の場合、山側の正門から入って、ライオンや虎やパンダや象などを、先ず存分に見物してしまうと、そのあと魚なんかを見るという気持にはなかなかなれない。水族館は今日でなくてもいいや、と帰ってしまう。そして帰る電車の中で、何とはなし、もの足りないので考えてみると、ワニを見なかったのである。ワニは魚(水族)の部類に入れられて、水族館の二階か三階にいるのである。残念に思い、今度くるときは、山側の正門からではなく、水族館のそばの池寄りの門から入って、一番先に見物してやろうと思うのである。

水族館見物覚書。

○サメは何かにぶつけたのか、鼻の先、血がにじんでいた。

○エイは凶暴な顔。起きぬけの私の顔は、こんなだ。

○バラフエダイはあまり顔が大きいので、逆さまになって泳ぎ、休むさいは珊瑚礁にたてかけられた恰好になって休んでいた。

○オオコシオリエビにアカザエビが妙な素振りをしていた。まちがえて性交しようとしているのだな（と私は思ったのだが）。

○オオカミウオは「海底の犬」ともよばれている。アッフゥと口をあけ泡煙をたてると、何を思ったか突然向きを変え、後姿を見せてくれた。後姿は四ッ足の獣じみて腰があるのだ。いまどき、海底にこんな奴がいるなんて、嬉しくなる。亡びてゆく魚だろう。

○大山椒魚は岩の下にいた。顎を右手の上にのせて。山椒魚は日本の誇りだと私は思う。ドイツの動物園で一等人だかりがしていたのは、日本からきた大山椒魚だった。羊歯の生えた小さな池の浅い水底に、白人の紳士や老婦人たちが小銭を投げ入れ、代る代る恐ろしそうに暗い岩穴を覗いていた。そのとき私は得意になった。コアラになんか、負けやしない、と。

○ミズクラゲ。大きな水槽のまんまん中に、隠れることなく一匹、うす桃色の半透明の肌をした大くらげがひろがって浮んでいた。煙のような髪の毛のような無数の触手と箔押しでつけたような四個の丸い紋。かすかな震動やもの音にも、ひどく敏感そうだけれど、とりすがるでなく、泳ぐでなく、身構えするでもなく、ただ、こうやって浮んでいるだけらしい。

○ゾウガメの一匹は甲羅にピーマンとトマトをのせたまま、拝むような手つきをして泳いでいた。一匹は藁のようなものを吐き出しながら泳いでいた。

○ワニは水中に沈んで動かない一匹。その上に乗って、口を開けっ放しにしているもう一匹。乾いたコンクリートの上で眠ったまま、緑色のおしっこを垂れた一匹。合計三匹。

○アミメニシキヘビとサキシマスジオ（たしかこんな名前だった）は、お互いに相手を呑んだりせず、もたれ合って仲よく眠っていた。

○リンカルスという黒い蛇が、ぐったりと平たくなっている様子は、出版社から貰った創業何十周年だかの記念品の硯箱にそっくりだった。

○ボアは丁度あくびをしたところだった。隣りのアナコンダに比べると、ずんと顔立ちもよく可愛らしかった。飼うならこれだ。

○キイロアナコンダ。これも可愛いが、飼うならボアだ。
○アフリカニシキヘビ。それは大きかった。大きくて、うちでは飼えない。以上。

水族館の続きにある無料休憩所には、水族館を出てきた人たちが、びしょびしょした床に置かれた椅子に腰を下ろし、股をひらいて「ああ」などと、あくびしていた。「眠い」とひとこと、テーブルにつっ伏してしまう人もいた。さっき、オオカミウオの前に佇《た》ちつくし、じっと見入っていた小柄な痩せた男もいた。ふつうの日だから会社員風の男は少ない。職人風、芸術家風、ヤクザ風の父親たちが、女房子供老人をつれてきている。「眠い」「象みてからカレー食おう」「全部見きれるかしら」「ああ、いま見てきたもの、もう全部忘れちゃった」

うす青いラムネ瓶色の光の漂う水族館で、ワニだの水の中の魚だの、じっとりしたものを見ていたら、早々とくたびれてしまったのだ。

夜行獣館にも入った。小さな夜行獣（名前は知らない）が、作りものの張子のサボテンに背中をもたせかけて震えどおしに震えていた。こんな場所につれてこられて、半分気が狂ってしまっているのではないか。すぐ出てきた。

山側の正門を出ると、お囃子の太鼓の音が聞えてきた。その方角、西郷さんの銅像の方へ歩いて行くと、彰義隊墓所の先の大樹の下で、地元婦人連が白足袋の足取りもかるがると、民謡踊りの稽古をしていた。

この辺で大杉栄は捕まったのだ、と、つい先達て人に教わったばかりだから、思い出す。本物の大杉栄は知らないので、吉田喜重監督の映画に出てきた細川俊之扮する大杉栄を。

西郷さんの銅像の前のベンチに老人と老婆が並んで腰かけていた。ダンボールや衣類や傘など押し込んだ袋を脇に置き、老人は万上《まんじょう》の一合瓶を殆んどあけて赤い顔になっていた。貰いものか拾いものらしい、派手な赤い格子のシャツを着ているが、七十半ばに見える。

「これからはね。盆踊りなんぞあって、賑やかでいいですね」

「そうなの。そいから夏んなると、朝、盆踊りみたいの、やるでしょ、六時っからかな」

「ラジオ体操」

「そう。ラジオ体操。あれがはじまりゃ、あたしは淋しくないわね。朝っから音聞えるでしょ。何だか嬉しくなるね。あれ、ふとんの中で聞いてんの」

「子供の声もするし」

「そう。わいわい言って通ってくし。そいで、おにいさんもおひとりでお暮しなの？」

単衣《ひとえ》をゆったりとまとった白髪頭の老婆は、老人をおにいさんおにいさんとよび、そんな若くていい体してて子が出来ないなんて勿体ないねえなどとしきりに話しかけていた。


ある日。

H、アメリカのサクランボ五百グラム買って帰ってくる。新宿の果物屋Tには中高年の女客が行列を作っていたそうだ。テレビ局の人がやってきて、その光景をうつし、輸入解禁について感想をきこうとしたので、是非ひとこと言ってやりたかったけれど、今日はお化粧をしてこなかったし、髪の毛も寝癖で外側に跳ねているし、着てきた服も気に入らなかったので、ひっこんでいた。すると、お化粧もばっちりと、空色の洋服もなかなか綺麗なおばさんが悠然と進み出て、「わたくしどもは安くておいしいものを頂きたいのです」と、簡にして要を得た返事をしたので、これに盡きると満足して帰ってきたのだそうだ。

似たことが私にもある。国会図書館に行くと、あすこは怖い。先ず、朝、入口の外のベンチで入る順番を待っている。すると並び方がまちがっている、と注意される。次には貸出窓口で、貸出申請用紙への書き入れ方がまちがっている、と注意される。その声が口の中でブツブツと、聞きとりにくいので、聞き直すと、実に面倒臭そうなイヤな顔になる。そして一寸だけしか教えてくれない。次、貸出本の受渡しのさいには姓名をよばれたらハイと返事をしてすぐさま受けとりに出て行かなくてはならないが、長時間待たされたときなどは、のどに痰が絡まって声が出てこない。または、ハイと小さな声しか出ない。すると、大きな声でわかるように返事して下さい、と注意される。姓名を呼び出す貸出係の声は、わざとそうしているとしか思えないぐらいのくぐもり声なので、皆は耳にかぶさる髪の毛をかきわけ、ひたすら耳を澄ませて自分の姓名が呼ばれるのを聞きとろうと、待合所の椅子に着席、便所に行きたいのもこらえて待つ。いつだったか七十五、六の痩せて背の高い老人が、はじめてきたらしく、ああでもない、こうでもない、こっちではない、あっちへいって、と何度もやり直させられて、カンシャクが起きたのだろう。体を震わせ、口角に泡をためて叫んだ。

「もう我慢が出来ない。若い皆さんがどうしていいなりになってるんだ。いいですか。

こういう権力をカサにきた傲慢無礼な態度をゆるしておいちゃいけないんだ。こないだの戦争はそれで起きたんだ」みんな眼を合さないように、うつむいて本を読んだり筆箱をいじったりしていた。

（そうだ。やたらと威張るな。口をあけて、はっきりものを言え。ものを教えろ。）

こう口の中で練習したのち、私は老人に応えて立ち上り、練習した通り言いたかったのだけれど、昨夜よく眠らなかった黄ばんだ顔に口紅もささずに出かけてきている自分に気がつくと弱気になり、うつむいてしまった。

口紅をさすと元気が出るのだ。口論になりそうな場所へ出かけなくてはならないときは勿論、交番や警察へ出かけていくときも、税務署へ行くときも、字を書くときも、口紅さしてからだ。

そんな癖がついたのは、敗戦後まもなくの頃からだ。進駐軍のＰＸから横流しされる舶来化粧品を売り歩くのを仕事にしていたので、商売ものの口紅を使ってみたのがはじまりだ。アメリカのミッチェルという硬質の口紅が好きだった。ちょっとちょっと口紅が濃すぎるよ、ダラクしたね、などと人にいわれても、毎日真紅に塗りたくって、機嫌よかった。

ある日。(富士の山小屋)
食料品その他、荷物三個を一昨日宅急便で出し、今日、ひる過ぎ山にやってきたが、まだ届かない。窓という窓、戸という戸を全部あけ放って風に吹かれながら、ぼんやりとテレビを見ている。

くらげときゅうりときくらげとかんぴょうの胡麻和えの作り方を見ている。それが終わると、弔辞の心得、お通夜葬式の準備について専門家が出てきて話した。短時間で済ませなければならない、——これが根本である、と言った。なるほどと感心した。何といっても屍体が主役なのだから。時々刻々腐っていくのだから。生きている者達は死んだ者を寄ってたかって大急ぎであの世へ送る。この世は生きている者しかいてはいけないのだ。

向いの沢にある会社寮の管理人Aさんが庭を駈け下りてくる。いましがたきて、宅配便が届くのを待っていると言うと、食料がなくてお腹空いたでしょう。つなぎにうちでお蕎麦でも食べて下さい、と言ってくれる。

寮の玄関のドアをあけるとシャンソンが鳴りわたっている。Aさんの趣味は詩吟と薩摩琵琶の筈なのに、と思った。ひととおり鳴り終わると、食堂の隅の椅子から紺色に白筋が一本入った運動パンツの老人が立ち上って、携帯録音機（?）のテープをはめ替える。ちがうシャンソンが鳴りはじめる。

定年退職後に管理人となったAさんは、この十四、五年来、晩夏から秋まで山へ上ってきているが、助手としてつれてくる同年配の老人は毎年変る。理由は「山の生活が淋しくて一夏でこりてしまう」「Aさんが相手を気に入らなくなる」「めずらしく気が合い、また来年もということになっても翌年の夏までに病気になったり、死んでしまったり、ぼーっとなってしまったりする」このうちのどれかである。シャンソン好きのこの人が、今年の助手らしかった。

広い台所の蛇口と戸棚とガス台を三角形に歩きまわって、Aさんはたちまち蕎麦を茹で、汁をこしらえてしまう。そして「××さん、蕎麦食べるぅ?」と妙にやさしい作り声をかける。シャンソン好きの××さんは蕎麦が嫌いらしく「いらない」と答える。私とAさんが向い合って食べる。××さんは立ち上ると台所の戸棚からパンを出してくる。横眼で見ていたAさんは「××さんココアで食べるぅ?　ココアおいしいのあるよ」と、またやさしい声を出す。「ああ」と××さんが言う。Aさんは台所の戸棚に行き、缶を持ってきて中から袋をとり出し、「これアメリカのだからうまいよ。一袋の半分が一人前っていうけど、あたしゃ一袋全部入れて濃くして飲むんだ。その方がうんとうまい」と言いきかせて一袋わたした。××さんがココアをお湯にといてパンを嚙っては飲みはじめると、「どーお。うまいでしょ」と念を押した。それから、蕎麦を食べたあと緑茶を飲んでいる私にも「ココアどうですか。アメリカの」とすすめるので頂いた。甘くて甘くて、いっぺんで大糖尿病になってしまいそうに甘い。

「どうですか。おいしいでしょ」Aさんは眼を光らせて訊く。

「おいしいです」「そうでしょ。どういうもんか、このココアはおいしいんだ。あたしゃ大好きだよ」

暗くなりかけた頃、Aさんが、また庭を駈け下りてきた。「宅急便まだですか。食料なくちゃ困るでしょ。晩御飯食べにきて下さいよ」と言う。パン一食分持ってきたから大丈夫と言っても、「パンなんかじゃ。味噌汁と卵で簡単にしますから遠慮しないできて下さいよ」と言い。湿ったふとんは眠れないからね、使って下さいと、担いできたふとん乾燥機を軒下に置き、

「あの人のこと気にしないで下さいよ。あの人、無愛想で口もきかないけど、気にし

なくていいんですよ。去年きた人、今年もつれてこようと思ってたら胃癌で死んじゃったの。だから代りに、あの人ぶらぶらしてたから手伝いにつれてきたの。あたしがチーフなんだから。あたしが好きにやっていいんだから。あの人のことなんか気にしないで下さい。あの人、八月一杯で帰るから、そしたら御飯なんか作らないで、みんなうちで食べて下さい。お風呂もうちで入って下さいよ。そいで九月もずっといて下さいよ」と一気にしゃべり、庭を駈け上って帰った。

寮には行かず、ふとん乾燥機で乾かしたふとんに入って早く寝た。夜中、眼がさめると、カサカサと紙がめくれるような音がした。電気スタンドの弱い灯りですかしてみると、りすの子供が三匹、カーテンレールを伝って簞笥の裏へとび込んだり、天井の梁へ駈け上ったりしている。三匹の気分は次第に盛り上ってきて、簞笥の上から、私の掛ぶとんめがけてとび移ったりしはじめた。さんざん遊ぶと、軒近くにあいている小さい穴から出て行った。特徴のある飛び方と、ひろげた四肢のつけ根が、水かきを張ったような柔らかさに見えたから、りすではなく、むささびの子かもしれない。

ある日。（富士北麓）

Aさんが大きな掃除機を持って、助手の老人ときて、二階の天井の暗がりにひそんでいたこうもりを叩き出し、掃除機に吸いとって帰って行った。助手の老人と私には、まるでわからなかった居場所をすぐ見つけ、退治してしまった。こうもりとネズミの顔が大嫌いの人だから、見たら退治せずにはおかない。吹き降りの雨雫のように、壁一面に白く斜めに走っているシミは、こうもりの糞尿だという。二十年以上も前から、このシミは少しずつ増え続けていたけれど、何のシミか、いままで知らなかった。

草刈りのあと焚火をしていると、トガワさんくる。上の道を通りかかったら、松の間から煙が見えたのできてみたという。この山小屋を作ったときに石工事をしてくれた石屋のトガワさんは、いまは市町村の公共土木工事も請負う土建会社の社長である。胸のポケットに、上等な金色のボールペンを二本さしている。景気はどうか、と訊ねると、あんましよくねえ、と言った。高血圧の薬を毎日のんでるのだそうだ。これから山の工事場を三ヵ所まわらなくてはならないと言いながら、お茶を三杯のむ。荒収入から、人件費三〇パーセント、機械などの設備投資五〇パーセントをひいた残り二〇パーセントが純利益。そのうちから交際費をひいたのが、おらの収入。いっこうに貯らないねえ、と髭の濃い赤らんだ顔を掌でこすって笑う。トガワさんは長男夫婦と孫二人と下の町に住んでいる。奥さんは十年位前に死んだ。

今日は昼過ぎ二時頃から、雨戸を繰るような遠雷の音が西の空でしている。ときどき陽がカッと照る。トガワさんは立ち上り、ズボンのバンドをしめ直し、

「東京の生活は賑やかだに。一人じゃ怖いことないかね。田舎の者でも山は一人じゃいやがるに。夜はテレビでも見てるですか」と、西の空を見い見い、言う。二階のこうもりと階下の部屋にくるむささびの話をすると、トガワさんはじっときいていてから、

「いかなる動物も怖いということはねえです。いかなる動物よりも人間の方が怖いです」と、おもむろに哲学者のように言った。雨はこず、そのまま夜になった。

ある日。（富士北麓）

朝早く、トガワさんが、南瓜二つ、十六ささげ、もろこし、きゅうり、夕顔一つ、茄子、ピーマンのもぎたてを持ってきてくれる。南瓜はへえ、何せタンボのあとに作っただから水っぽくて、あんましうまくはねえけんど、などと言いながら。

そして、

「おらの盆休みは十五日だけでごいす。十二、十三、十四と働いて、十五日一日だけでごいす」と、わざわざ指を折り力を入れて言ってから帰って行った。この前、トガワさんがきたとき、去年つれていって貰った天目山と大菩薩峠は面白かった、また行ってみたい、と私が言ったので、今年は忙しくてつれていけないということを、アンに仄めかしているらしかった。Aさんが水洗便所のタンクを直しにきてくれたので、野菜をわけてあげた。全部塩漬にして客に出す、助かります、と喜んだ。

玉が、干して温《ぬく》もりふくれてきたふとんのまん中にのり、白い前肢を揃えて陽を一身に浴びている。ぎんなん色の眼に水分が溢れ、眼のまわりも鼻の先もじっとり濡れている。血の気の透く薄い耳の尖端に生えている白い毛をそよがせて。丸い頭のてっぺんに、抜けた自分の白い口ひげを一本と抜けかわった爪を一枚、何故だか大切そうにのっけて。……玉、お前ぼけたの？

十九歳、ヒトの年齢だと百の玉は口をあけ、魚の骨みたいな歯とハムの色した小さな舌を見せ、

「……」私に向って声にならない声でなく。「おばさん。わたし、どうしてだか此

処にいるよ。いい気持だよ。またもっと長生きしちゃうよ」

ある日。（富士北麓）

休暇をとって山へきたHと、富士急ハイランドにかかっている矢野大サーカスとドイツ国立タイガーショーを観に下る。トラックの運転手らしい人たちの団体と小学生が少し入っているだけ。

銀色の巨きな球の中に入って二台で走り回るオートバイの曲乗りを、すぐそばに寄って見物していたら、排気ガスと振動と轟音で気持わるくなり、吐きそうになった。タイガーショーの虎は毛並も肉づきも立派だが、吠えるだけで（吠え声は素晴らしい）、ほとんど芸らしい芸も見せず、その代りに虎のそばで金髪年増美人が、せかせかとごまかすようにアクロバットをやって見せた。国立《こくりつ》とはとても思えない。私立《わたくしりつ》のようなショーだった。

夕方、大岡昇平さんの家に伺った。私はビール、Hはウィスキーを頂いた。沢山飲んで、すっかり面白くなってしまった。

話がとぎれたとき、大岡さんは、「この机さ。一枚板《いちまいいた》なんだよ。おれ、張ってあるのかと思ってたら」と、テーブルを長い白い指を揃えた手の平でさすりながら言われた。この間、大岡さんは、年とるとつまらないねえ。せっせと原稿書いたって、パジャマばっかり買ってるんだ。パジャマ買ったって嬉しくなんかねえよお、と言っておられた。文士はやっぱり机のいいのを買うと嬉しいのだ。

道のまん中をゆっくり歩いて帰った。右の真黒な林の中から灯りが洩れ、笑い声がどっと流れてくる。月夜でいい気持だ。

〽おはなばたけで恋をしてェ……と歩きながら歌いながら踊ると、してェ……のところで、ぐにゃりと曲る足つきがカワユイとHが笑いころげて喜んだ。

ある日。（富士の山小屋）

長年の間、ネズミに嚙られ続けた布団を、管理所のごみ棄て場にHと運んで行く。本当は夜遅くになってから秘かに棄てに行くつもりだったが、昼日中棄てに行くことに考えが変った。何故かというに、夜分、墨を流したような山の中の道を、たまたま通りかかったトラックだの四輪車だのの運転手が、ヘッドライトに浮んだ女二人を見る。古綿のはみ出た真赤な花模様（いかにもフトンフトンした柄の布団がわなのだ）

の敷布団を抱え込んで歩いている女を見たら、へんな気を起さないでもない。夜中の道を布団持って歩く女、――へんな気を起して下さいとよびかけているようなものではないか。それで明るいうちに棄てに行くことにした。
炎天下、蔭のない道を、ずり落ちる布団を何度も抱え直して歩いて行くとき、「わたしの友達で、女の髪の毛を見ると、ムラムラとその気になるという人がある。女の髪の毛の長いのが一本落ちてると、そうなる。女の家を訪ねて、部屋に落ちていたりすると、そうなる。頭にくっついてる髪の毛ではそうならない。また、短い髪の毛が落ちていてもそうならないんだって」とHが言った。何となく分るような気もする。男は大へんなのだ。H、夜のバスで帰京。

ある日。(富士北麓)
富士吉田K座で『ジャンク』を観た。(『サンゲリア』と二本立)。
二階が涼しいですよ、と切符売りとモギリと売店を一人で受け持っているおばさんが言った。去年もそう言われた。私のほか四人しかいなかった。白い靴の女、野球帽のおじさん、くわえ煙草で割烹着のおばさん、あとから男が三人増えた。

『ジャンク』原住民が象を殺す。象は可哀そうだったが、大自然の中の運行、一種の食物連鎖の感じで、仕方がないような気もした。次に毛皮をとるためにやってきた人間、密猟者たちがオットセイやワニを殺す。オットセイを追いつめて、とり囲んで逃げられないようにしてから寄ってたかって撲り殺す。オットセイは泣いていた。次に人間が動物に喰われる。こんなに大量の動物をむやみに殺したあとに出てくるから、あいこみたいに思えてくる。次に電気椅子やガス室に入れられる死刑囚が出てくる。大の男が怖がって、しょんぼりしたり、動けなくなったり、嫌がったりする。ガス室へ入れられた死刑囚は、目隠しされて見えもしないのに、首を動かしてあたりを感じとろうとする。丁度、動物が人間に捕まえられたときみたいに。次に死体解剖するところが出てくる。皮なんか、ぴーッぴーッと剝いでやってしまう。人間て、こんなになってるのかなあ、と人間てものが（よく分ったのじゃなくて）ホンのちょっとだけ分ったような気がした。あんまりすごくて怖くて、観てる者（七、八人）は、そこで「あはははあ」と、だらしなく、力なく、笑ってしまった。終わると、K座の前の空地に駐めてあった五台ばかりの車やバイクに、一人または二人で乗り込み、さっさといなくなった。皆、山の向う側の遠くから車をとばしてくる映画好きの常連なのだ。

奥さん、観音竹買っていかんかや、と関西訛りの行商の植木屋に声をかけられたが買わなかった。去年だか一昨年だかも、この道でよびとめられたことがある。

ある日。（富士北麓）

こわれた湯沸し器が直るかどうか、見て貰うため、午前中、Aさんを連れて大岡家へ行く。芯を替えればいい、手持ちの芯があるから、もう一度午後から芯を持って直しにきてあげます、とAさんは夫人に言った。

帰り、村有林の悪路をAさんは猛烈な勢いで車をとばし、途中、バラス（熔岩砂）が堆積したボタ山のような黒い小山へ、つっ込むように停めると、

「大岡先生の奥様は上品な綺麗な方ですねえ。お若い頃は、さぞお美しかったでしょうねえ」と、鼻にかかった声で、感に堪えぬように言った。

「あの方は美しいので評判の方なんですよ。小説家の奥様では特別一番の方ですよ」と私は答えた。

風が下の草原から吹き上げてきて通り過ぎる。陽がかっと照ったり、かげったりす

る。風の通ったあと、胴体にコバルト色の帯をした大きなトンボが、水平に羽を震わせ輝やかせて現われ、テラスを往ったり来たりする。方向を変えるとき、ギ、ギ、と羽をきしませる。尾をP字形に丸めている。玉が林の奥で真面目な横顔でおしっこをしているのが見える。戻ってくると、コンクリートの土間で、顎を前肢にのせ鞣革《なめしがわ》か煎餅のように平たくなって眠った。

朝からしていた電気ノコギリの伐採音は、正午に止み、三時に止み、あとは夕方までしていた。さっきのトンボがまたきた。草刈りを終えて、いましがた脱いだ私のゴム長靴の中へ墜落して暴れた。出してやると、テラスをさっきと同様に往来した。何か探しているらしかった。何か、この辺が気がかりであるらしかった。水だろうか。浅い桶に水を張って出してやる。トンボは目もくれない。やがてトンボは家のまわりを高く低く、時計の針のまわり方でまわりはじめた。テラスで腰かけている私のモンペの腿にきてとまり、それから私の顔を掠めてとびたち、一まわりしては、じゅっと羽音をたてて私の頭にとまって休んだ。私はふと、親しくしている誰かが死んだのではないかと思った。

夕方、Aさん来る。いま、大岡家の湯沸し器を直してきたと報告。

「奥様が御本を下さった。『一補充兵の……』という御本頂いちゃった」と、小さな本を大切そうに撫でている。

「大岡さんがお書きになった御本？」

「そうです。わるいなあ。先生にあったらよろしくお伝え下さい。これからはテレビだって新聞だって大岡先生のお出になるものは全部拝見しますよ。今日はこれから十六人の客。明日は二十人。富士登山した帰りに泊りにくる」そう言うと庭を駈け上って帰った。

六時ごろ、ひぐらしが鳴きだした。今日は日中、蟬も鳥も鳴かなかった。遠くのひぐらしが一匹応えて鳴きだした。二匹とも元気がない声。雨戸を閉めて御飯を食べた。

ある日。（富士北麓）

夕方、寮の電話を借りてHにかける。用事の話が終わってから、「月曜日に地下鉄の中で気が遠くなった」とHが言った。

吊り革にぶら下って、結婚式場のポスターをぼんやり眺めているうちに、花嫁の顔と姿が捩《ねじ》れて斜めに上へ上へと遠のいてゆき、それから電車も捩れたようになってゆき、気がついたら地下鉄の駅の事務室に寝かされていた。駅員が心配そうにお茶を飲ませてくれ、「何か失くなっているものありませんか」と言ったが、写真機や財布の入った手提げも、弁当のおむすび二個も、ちゃんと枕許に置かれてあった。駅員の説明によると、電車の中で倒れたとき、おむすび二個は遠くまで転がっていったのだそうだが、親切な乗客が拾って届けてくれたのだそうだ。東京は猛暑らしい。

十六人と二十人の登山客の世話が済んで、Aさんはふらふらだという。あんまり忙しくて染めるのが間に合わなかったので、白鉢巻したように白髪がふき出ている。大岡さんの本を持ってきて、

「ほら、ここにサインもして頂いた。あたしゃ、これをずっと大切にしるよ。夜ねるとき読むんだ」と見せる。

「大岡先生は御丁寧な方で、あたしが帰るとき、わざわざ出てらして御丁寧に挨拶されて、あたしゃもう……。しかし何《なん》だねえ。頭のいい、書く専門の方《かた》は、機械や電気方面がよわいらしいね。機械方面はダメらしいね。よしッ。これからは、あたしが道具箱かついでとんで行って直して差し上げますよ。あたしは人が喜ぶのを見るのが好きでねえ」と言う。「こんな御本頂いて嬉しくてねえ……」と、うっとり本を撫でて

いたが、俄かに逞しい顔つきとなって、大きな薄色の眼をピカピカ光らせ、「もっとないかねえ、こういうの。もっと欲しいよッ」と本をじっと見据えた。

コーヒーを入れてくれ、雷おこしを出してくれた。Aさんは中野の憲兵学校を出たのだそうだ。華中にいて帰還して、二度目の応召で憲兵隊に入った。内地勤務だったからしょっちゅう家に帰れた。

「ナントカ？橋を渡るとき、アカツキ部隊の兵隊がぱっと敬礼した。気持よかったね。ハハハハハ。あたしは戦記ものが大好きで。見て下さい、テレビの上の雑誌。あれは皆、あたしが読んだものですよ。PTAの会で演説したことがあるんです。『皇統二千六百年の日本と建国二百年のアメリカとどっちがえらいか。この頃の風潮を歎く』そういってやりましたら、皆感心して聞いてましたよ」次第に興奮して、水爆や原爆についても語る。Aさんは反核ではないらしい。しかし、湯沸し器以来、大岡さんのことが大好きになってしまったらしい。「日本でも有名な方だ。戦争にゆかれて御苦労なさって大へんだったねえ」としんみりしてみたり、「しかし何だね。電気や機械の方面はいじれない」と、つけ加えたりして、大岡さんの話ばかりを繰り返していた。

ある日。（富士の山小屋）

昨夜見た夢。深沢（七郎）さんが白い着物を着て向うからやってきた。久しぶりだから、体のあちこちを摑み合って喜んだ。誰かに似ている、と思うような顔に老けていたが、すぐ分った。病気はよくなったかどうか、私は訊かなかった。うちでは、後姿の夫が知らない男四人とバクチをうっていたので、深沢さんはそばにきて見ていた。そのうちに四人のうちの一人（筑摩書房の人だと誰かがいっていた）が、誤って何かどろどろしたものを深沢さんにかけてしまい、着物が汚れ、体の具合もみるみる悪くなってしまった。真白な着物だし、どんなにか怒るだろうと思っていると、その人のことを大人物だなどと、わざとらしいほめ上げ方をしたので、私はぼんやりした。深沢さんは、うちの畑を眺めて、見ちゃいらんないねえ、ちっと手伝うか、と言い、ふらふらと畑の中へ入って行った。

ある日。

X氏が突然来た。紅茶を出した。「なんにも持ってこなかったから、御馳走なんかしないで下さいよ」と言った。「御馳走なんかじゃないでしょ。紅茶だけです。あとはなんにもないです」と、私は言った。X氏は食堂においてある本棚の本（私のではない。夫の蔵書）を、よくよくわしく見、×××全集が眼に入ると、「×××って、俺キライだなあ」と呟いた。それから少しの間、長椅子に腰かけて東の空の方を眺めていたが、「今日と明日、月は満月と十六夜だ。月見だぞ」と言って帰って行った。

今夜は満月らしいが、東京は雲がかかって見えない。テレビで、日本各地の名月の様子を、大晦日の『ゆく年くる年』のように大騒ぎしてうつしてくれる。

長野ではござを敷いて尺八を吹く。

横浜では三渓園でおばさんたちがお琴を弾く。

会津のお城では雅楽をやった。

沖縄では樹の下で踊った。

男も女も皆やってるやってる。日本中、どこもかしこも満月の晩には、いろんなことをやっているのだ。知らなかったなあ。

ニセモノみたいな見事な満月を、テレビで見ていた。月のへこんだ黒ずんだ場所には、もう全部名前がつけられてしまっているのだそうだ。アメリカがつけたにきまっている。

三輪山の背後より不可思議の月立てり
はじめに月と呼びしひとはや（山中智恵子）

わたしは、この歌好きなんだなあ。映画『２００１年宇宙の旅』のはじめの方に出てくる、洞穴に住み、まだ体毛が沢山生えていた頃のヒトに戻った気持がする。

ある日。

朝御飯のとき、「大阪商船三井船舶という会社の社長の家に、どんなものを食べているかとテレビ局の人が見に行く番組があってね……」と、勢いこんでそこまで話しはじめたとたん、崖から滑り落ちるように頭の中がなって、どんなことを話そうとしたのか、さーっと忘れた。眼の前が白くなって、遠くの遠くまで平べったくなって。あれ、あたし、いま、何を言おうとしていたんでしょうか。でも、たいして面白い話ではないから、期待していらいらして待ってたりしないで下さい。何かほかのことして待っていて下さい。と相手に言いおきながら思い出そうとしたが、思い出せなかった。

午後、道具屋さん、お金持ってくる。いらない道具類を市に出して売ってもらった代金。安く売れたのか、高く売れたのか、さっぱりわからない。道具屋のおかみさんは、痔だと思って一缶六万円もする塗薬を使っていたところ、腸のガンだとわかって手術をした。あと半月の命だと医者にいわれているのだそうだ。道具屋さんは、昔、兵隊検査前、丁稚奉公していた頃、大八車に道具類を積んで山手通りをよく往来した、だから代々木のこの辺は懐かしい、と言ったり、アパートの門の植込みに置いてある、人間三人分ぐらいの大きさの卵の形をした石をじっと見つめて、「あの石、どうして転がらないのかなあ。何か仕掛がしてあるのかなあ」と言ったりして、椅子に深く腰かけたきり、なかなか帰ろうとしなかった。くたびれているらしかった。

道具屋さんが帰ったあと、雷が鳴って少し雨が降り、すぐ天気になった。行こうと思っていた試写会に行きそこなった。時計が一時間半遅れていたので。

ある日。

雨の音で眼がさめた。肢がバカに沢山あるクモがいるのだ。よくよく見ると、そのクモはもう一匹のクモにおいかぶさって、下のクモを食べているところだった。そういう夢を見ていた。

今日も雨。墓参りに行く。法事の打合せもあるので、境内にある彫刻美術館の喫茶室で待っていると、法事の読経一つ済ませたシロちゃん（住職）がやってきて、御飯付き豚の生姜焼を奢ってくれる。もう一組、墓参にきたらしい中年夫婦が遠慮がちに入ってきて、その人たちも豚の生姜焼を注文した。墓地の通り径や墓石と墓石の間には、年々滅茶苦茶に交配を重ねるうちに、内臓みたいな形や色が噴き出てきた鶏頭が盛り。一株が物置小屋ぐらいの大きさに拡がって、白（朝は白、日暮になると淡紅色）の花を満身につけた酔芙蓉が盛り。沁み込むように雨が降っている。シロちゃんはお茶を飲む。あともう一つ法事があるが、それまではヒマだという。石の彫刻の話をする。シロちゃんは彫刻にくわしい。

「ぼくが考えるに、石の彫刻家というのは絵描きより大へん。大きいの作りたくても作品の置き場がない。買手も少ない。彫刻家はパーティーに行っても絵描きと身なりがちがう。汚なーい。貧乏。彫刻家になると一家は勿論、一族にまで弊害を及ぼす。だから、いったん彫刻家になられちゃったら、逆に一族こぞって応援するよ。涙ぐましいよ」門を出て十メートルほどのところに寺の空地がある。そこを野外彫刻公園にする予定だ、と言った。

いまに、パフォーマンスの人なんかが、石や鉄の彫刻のまわりで寝転んだり踊ったり、いろいろやってみたいといってくるのではないかしら、と言うと「もう来た」と言った。美術館の中で、「伊藤タミーとかトミーとかいう人」が踊ったのだそうだ。笛を体中にいっぱいぶら下げて、それを一つずつピーピー鳴らしながら踊るので、気持わるかったそうだ。それでも百人位、見物人が入ったそうだ。

寺務所の男の人をよぶと、シロちゃんは小さな声で「……を持ってきて差し上げてくれ」といいつけた。ジヒョーカンを持ってきて差し上げてくれ、と私には聞えた。（ジヒョーカンていう羊羹を御馳走してくれるか、お土産にもたせてくれるか、どっちかにしてくれるのだな。羊羹を丁度食べたかった。久しぶりだ。こんな雨の日なんか、じっくりと羊羹食べたくなるのよね。さすが、お寺だ。慈悲羊羹て名前の羊羹があるんだな。）――心中、喜んで待っていると、寺務所の人が四角い藍色の布貼りの立派な箱を重そうに捧げ持ってきて、住職の前に置いていなくなった。そのあと、いつまで経っても羊羹は出てこなかった。法事の打合せが済むと、シロちゃんは、先代の法要の配りものとして作った、知り合いの彫刻家に頼んで約半年かかった、と説明し、「顔にね、苦心しました」と、その箱をあけて、鬱金《うこん》木綿にくるんだものをとり出してみせる。女の首のブロンズ。「慈悲容顔」と題がついていた。

そのときは別におかしくも何ともなく、女の首の箱を頂いて帰ってきたけれど、家に帰ってきて思い出したら、バカにおかしくなった。


ある日。

Ｓ氏の皿絵展に行く。私鉄沿線の地下画廊。Ｓ氏は今日は来ない日だそうで、女主人がお茶を入れてくれた。絵皿は二十三枚売約済の赤い印がついていた。三分の一ぐらいか。

窯のある山にこもって、一ヵ月ばかりで描き上げてしまったのだ、と女主人が説明した。よく見ると、何枚か元気のないのがあった。Ｓ氏は明日、ここで音楽会をやって歌うのだそうだ。Ｓ氏の歌は全部即興なので、二度と同じには歌えない、みんなはＳ氏のマドリールという歌が好きで、それを歌ってくれと頼むのだが、毎回同じには歌えないのだそうだ。

「……窓をあければマドリール、窓をとじればクロディーヌ……という歌なんです。御存じですか」と、Ｓ氏のファンであるらしい女主人が言った。いいえ、きいたことありません、と首を振りながら、私は、明日でなく今日来てよかったと思った。

だいぶ前、S氏をまじえて三、四人が銀座の外れの方で飲食した帰り、歌いたい気分が昂まってきたS氏は、並木座の前までくると、突如、地下の映画館への階段を底まで駈けくだり、上の道からアレヨと覗き込む私たちに向って両手をひろげて仁王立ちし、フィフィ教のお経のようなものを歌ってくれた。その馬力のある歌声は、S氏自身もよろよろするほどで、筒状のコンクリート階段に、おんおんとこだましたばかりでなく、扉一枚向うで映写中の並木座内にも響きわたっていったらしく、まだ一番めを歌い終わらないうちに大仏様みたいなちりちり髪の男が出てきて、あっちへ行け、と怒られてしまったのである。

駅で電車を待つ間、一枚三万円の皿、サザンがクのサンニがロク、二十三枚売れた場合のS氏の収入について、駅の地面をひっかいて計算してみた。いろいろ差し引くと、S氏に入るお金は、中年サラリーマン一ヵ月の収入より安いかもしれず、毎月絵皿を描いて、毎月展覧会をひらけるわけでもないし、それほど儲かってはいないのだった。絵描きも大へんだな。

ある日。

忘れぬうちに書いておく。昨夜（今朝？）見た夢。

私は女であるらしい。そして昔の人であるらしい。頭目は五木ひろしによく似た男で、おサムライ。黒紋服を着ている。まわりに私のほかに年寄り、中年、若者、とりまぜて男がたくさんいる。座敷にみんな坐っている。時代劇である。私は百姓の女であるらしい。黒紋服は敵に囲まれている。どうやら、あたりのふん囲気から察して、仇討らしい。返り討ちにしてくれようと力んで立ち上り、黒紋服は座敷から出て行くのだが、つよいはずなのに何故だか弱く、すぐ、くしゃくしゃになってしまい、紋服の裾を踏むような足どりで座敷に戻ってくる。そうして刀を研いで、また出かけて行くが、すぐ、よれよれになって戻ってくる。敵方のえらいサムライがいらいらして、いい刀を貸してくれようとすると、えらいサムライはリンチにあって、庭で首くくられてしまう。われわれは敵がいったん引揚げたすきに相談する。ナタを使おう。年寄りの男がナタを研いでよく斬れるようにする。私はナタの柄が動かないよう、すきまに糸をかけわたし、縦横無尽、西陣織みたいにしてしばった。大急ぎなはずなのに、ゆっくりやった。そんなことをしているうちに、間者が忍び込んだと声がする。間者は男の子、顔にヤケドの痕が二つあって黄色の着物を着ている、と私には何故だかわかっている。この子を生かして帰しては、ナタを使う戦術が敵方に知れてしまう。私が殺しに行く。男の子は軒下のずるずるずるずるした赤土のところに背中をむけてしゃがんでいた。私はナタで頭と背中に二タ打ち浴びせる。イタイイタイと小さな声をあげる子を、ごろりと仰向けにすると、ヤケドの痕などはなく、実に可愛らしい玉のような顔だった。しかしもう私は、胴の骨のない部分をナタで二つにしてしまおうと、めった打ち。胸の中が滝のようになって、男の子をころがしながら、めった打ち。男の子は次第に声が出なくなる。皮でつながっているところを最後に叩きちぎった。そうして眼が覚めた。

もうじき、Hの展覧会がはじまる。今日、案内用の葉書が刷り上ったのでHが受けとりに行くと、画廊主人のIさんが、「オープニングはすっきりと、すっきりとね、やりましょう」と言ったそうだ。それからあと、話している間にも、「すっきりと、すっきりと」を何回もくり返し、念を押すように言ったそうだ。

「よっぽど、すっきりしないオープニングパーティーがあって、こりごりしているか、それともわたしが嬉しさのあまり、どどっと酔払ったりするのを警戒しているか、どっちかだ」と、葉書の宛名書きをしながらHは言う。夜一時まで、切手貼りを手伝う。テレビニュースをみていたら、すっきりしない（出来なくなってしまった）パーティー事件をやっていた。

――『土佐っ子』という小料理屋で車業界の宴会があった。そのうち何人かが『夕焼け小焼け』（スゴイ名前だ）というスナックへ二次会で行った。隣りの店である。あなた、いい歯してますね、と一人が一人に言って人さし指をちょっと口の中に入れたら噛みちぎられた。大出血。大騒ぎとなって救急車で入院。第一関節からとれてしまった。医者は鋭利な刃物で斜めにそいだような、と傷口の状態を説明した。歯などで噛みきられたとは思えない、信じられない傷口である、と言った。噛みちぎった人は千六百万円支払うことになった。その人は相手が南京豆を口に入れてくれたと思って噛んだのだそうだ。――ひとごとではない。ここに書きとめて自戒する。

ある日。

ここずっと、毎日午後になると、Hは日本橋の画廊に行って坐っている。

私も夕方になって出かける。赤い靴下をはいた西洋人の大きな女の人がきていた。来週から展覧会をやるフランス人のグラディスさんという人だった。Hの展覧会ももうじき無事に終わりだ。オープニングパーティーの帰り、Hは手提げを失くしたが。

ホリキリさんが友達とやってきた。ホリキリさんは急いできたらしいつんのめるような足どりでやってきて、初日にはよく見られなかったから、もう一度、と一枚一枚に近寄って、丁寧に穴のあくほど眺め、

「この写真展、ぼくは勝手に『太った風景』という題つけてみたんですが、『太った風景』はこれとこれと、あとはこれとあれで、そのほかはそうでもないですねえ」と、大きな声を出して感想をのべながら、ワニの写真の前までくると暑苦しくなったのか、いきなりセーターを脱いだ。

六時半になるのを待って、四人は地下鉄で中目黒へ行った。地下鉄の中でホリキリさんは、友達の灰色の毛糸の上衣の肩のあたりを、真剣な顔をしてじっと見ていたが、電車の音に負けない大きな声で、「これ、いいなあ。だけど古くなってますね」と言った。電車の音が大きいから、あとは誰も殆んど口をきかなかった。地下鉄の中で話をしようとすると、大きな声はり上げなくてはならないから、わたしなんか、この頃

は吐きそうになる。


　これから行く店は、ホリキリさんが友人に教えて貰ったという店。とにかく安い、安くてうまいのだ、とホリキリさんは、雨のびしょびしょ落ちてくるガード下を横切りながら、塀に沿って路地へ入りながら、何度も言う。

店は満員満席。たぎり立つように人がつまっている。客がべったりと隅から隅まですき間なく店の形に坐り込んでいるので、畳など見えない。きれいな店なのか、汚ない店なのか、わからない。煮える匂い、焼ける煙、絶えまない笑い声としゃべり声と咳払い。やっと四人の席をあけてもらって靴をぬいで坐る。

「安くてうまいのです。ダレトカさんがここにきてお新香持って帰ったほどです。まずサワーをとって、コースでいきましょう」一同、ホリキリさんの意見に従う。レモンとレモン絞り器と焼酎の入ったジョッキと炭酸の瓶を男衆が運んでくる。ホリキリさんは丸々とした金太郎のような手で早速レモンをひねりつぶしながら、友達に命令する。「××さん、その炭酸をついで下さい」「こうですか。このくらい？」「もっともっと。はい。そのくらい」

冷奴。（いかの墨入りわたをバタでなんとかした）いかのわたバタナントカというもの。ゲソの唐揚。肉じゃが。お新香。そのほか。
「ほんとはここはウリのお新香うまいのですが、いまはウリがないから。ダレトカさんはウリのお新香持って帰りましたよ」ホリキリさんは再び残念がる。

　Hは飲み方が速くなってきて、早々と酔い、「ここのお勘定はわたしが払いたい、写真売れましたからね。『土手の筒』って題のわたしの写真、買ってくれる人がいたんですよ」と立ち上った。

　もう一軒、近くの店へ行った。ホリキリさんは、ウーロンハイというのを飲んだ。ほかの人は、青りんごサワーというのを飲んだ。はんぺんを食べた。Hはここへくると絡んだり威張ったりしたので、皆、相当まいって、しんとなったりした。（あとできくところによれば、私も絡んだり威張ったりしていたそうだ。）

　いつのまにかHがいなくなっていた。便所へ行った人が戻ってきて、「Hちゃん、歌うたいながら、お化粧してましたよ。便所の中まで聞えた。上機嫌だなあ」と報告した。

　ある日。

晴れて暖かい。正月のものを買いにHと出かける。おしつまって地下鉄はすいている。向いの席に赤い顔をして眠りかけている老人が抱えている紙袋に書いてある文字。腹掛股引技術保存会の店。——何だか、いつまでも覚えていそう。

湯島で降りて、アメ屋横丁で、いくら、たこ、ピータン、干あんず、かまぼこ、だてまき、ぶり切身、きんとん、など少しずつ買う。綿入れ半纏《はんてん》二枚買う。

遅い昼御飯を近くの食堂で食べた。家族づれ。夫婦づれ。二人づれ。正月用の買物袋を一人が三個ぐらいずつ足元の床に置いて、食堂は満席。しばらく待つ間、陳列棚に並べてある模食（蠟細工の見本料理）——

『五目セット』（五目御飯＋清《すま》し汁＋ところ天＋アイスクリーム）、

『いなりきしめんセット』（きしめん＋清し汁＋いなりずし二個＋コーヒー）、

『おでんきしめんセット』（きしめん＋おでん＋三色団子＋蜜豆）などなど、

さまざまな組合せで十種類ばかり——を、つくづくと眺めていたら（なかでも鳥肌立つように煮くたれたおでんの大根は実によく出来ていた）、突然、あの世って淋しいところなんだろうな。あの世にはこういう賑やかさはないだろうな。こういうものがごたごたとあるところで、もうしばらくは生きていたい!! という気持が、お湯のようにこみ上げてきた。

　職人風の父親が男の子をつれてきている。父親は紺色の、男の子は白と茶の横縞の、二人とも買いたての羽毛ジャンパー。二人とも床屋にいきたての頭。「うちへ帰ったら本の表紙を……」と、してもらいたいことを嬉し気に男の子が訴えている。父親は肯いている。

　やっと二つ席があいて腰かけると、Hはあたりを見まわして、「わたし、どうしたんだろう。むらむらっとお正月気分が湧き上ってきた」と言った。私は模食を眺めていたときの、いましたがの気持を話した。「それこそがお正月気分というもんですね。お正月にぴったりですね」とHは真面目な顔をして深く肯いた。

　私は『五目セット』、Hは『いなりきしめんセット』を注文。中学生ぐらいの女の子三人をひきつれたおかみさんが、女の子たちにはあん蜜を食べさせ、自分は『五目セット』を食べている。

『五目セット』の御飯はごろごろして、冷たい箇所と温かい箇所がまだらにあり、上にのった桃色のでんぶは、砂糖そのものを桃色に染めてあるのではないかと思うほど甘かった。でんぶの隣りの筍の煮たのは福神漬みたいに醤油味が濃く、その隣りの菜っ葉は塩辛かった。「どんな味ですか?」自分の注文した『いなりきしめんセット』がまだこないHが、先に食べはじめた私に質問などする。「アマい!!」Hはいい気味そうに笑いだす。「やっぱり! どっかヘンですか!!」「カラい!!」ますます、いい気味そうに笑う。隣りのテーブルに向い合って腰かけている男女の男の方が、黒革ジャンパーに、ちりちりのパーマ頭の半身をのり出して、心配そうに私を見る。『いなりきしめんセット』がHの前に運ばれてくる。きしめんを一口すすったHに私が質問する。「どんな味ですか?」「味がない!!」すると、今度は女の方が心配そうにHを見た。女は水商売風のきれいな人。やがてこの二人の前にも注文のものが運ばれてきた。男が『五目セット』、女が『いなりきしめんセット』であった。

不忍池の山寄りをまわって帰る。新年まで動物園はもう休み。夕方のあしかの声が中でしていた。

夜、テレビ舞台中継『婦系図』めの惣の場を観ていたら、重病の床にあるお蔦が真砂町の先生の令嬢から江戸紫の半衿を貰って喜び、浮世への未練が出てきました、と名セリフを言った。私の浮世への未練は、ずらりと並んだ蠟細工の模食。

追記。

この日の味についてHの感想。

きしめんが味がないのは、まだいいのです。おいなりさんが甘ったるくても、まだいいのです。味のないきしめんのあとに甘いおいなりさんを食べて気をよくする。そこまではいいのです。きしめんがさめるといけないから、先ずきしめんを食べるでしょう。次にさめても大丈夫なおいなりさんを食べる。そういう順序で進んでいって、おいなりさんの次にコーヒーを飲む。おいなりさんのあとにコーヒー、この瞬間の口中のすごさ。そんなこと何でもないやと、やったことのない人は思うでしょう。しかし、そうではないのです。おいなりさんを食べたあとにコーヒーを飲んでみたことのある人でなくては分らないのです。何というか、この、オエッとなるすごさ。よく玉(うちの飼猫)が大嫌いなへんなものの匂いを嗅いでしまったとき、口をかすかにあけて世にもイヤな顔をする、あの顔になってしまうのです。

私の感想。

あたしのにはところ天とアイスクリームが一緒についてました。五目御飯を大急ぎで食べてから、アイスクリーム、ところ天の順序で食べないと、アイスクリームが溶けてしまう。まあ、おつゆがついているから、おつゆをのみのみ、御飯を食べたのですが、半分ぐらい食べたら、しゃっくりが出はじめた。こんなことははじめてだ。年とったんだねえ。アイスクリームもところ天も好きなので、このセットをとってみたけれど、とった私が馬鹿でした。アイスクリームの次にところ天食べても、何の感慨もない味でした。

ある日。

忘年会だな忘年会だなと思っているうちに正月となり、正月だ正月だと思ってるうちに正月じゃなくなる。今日は曇りで寒かった。フジフィルムの飛行船が、窓のすぐそばまで近づいては遠のき、気がつくとまた近づいてきていた。今日はそろそろ殺人など起っている。いや、昨日もあったかな。いや、二日の日にも元旦にもあったような気もする。あまり長く休まない方がいいのだ。会社へ行っていそがしくしている方がいいのだ。家にいてじっとしていると、人がきて酒飲んだり喧嘩になったりして、とんでもないことが起きてしまう。

正月用のたこの残りをカラスにやりに、代々木公園へ行った。たこの足を放ると、カラスは四散してとびたち、転がってきた怪物を警戒して、いっこうに木からおりてこようとはしなかった。

夜十二時半、大雪注意報。

ある日。

寒い。ホカロンを入れて、午前十一時、家を出る。池袋の文芸坐地下劇場の「推理映画シリーズ、松本清張大会」。日替り二本立、十五日間興行である。一日目の昨日は『風の視線』と『ゼロの焦点』だった。今日は『霧の旗』と『波の塔』。

兎の毛の防寒耳カバーをした老人、暖かそうな羽毛ジャンパーの老人、光った禿頭、光らない禿頭、毛糸の帽子が、休憩時間の座席のあちこちで首をまわしほぐしている。昨日もそうだったが、今日も老人が多い。おじさんおばさん（私も）は、松本清張映画が好きなのだ。松本清張映画には、日本の景色が出てくる。日本のあちこち、懐かしい。私など熱海と京都ぐらいしか行ったことがないのに懐かしがるのはおかしいと思うのだけれど、行ったことないのに懐かしい心持になるのだ。

ある日。

晴れて暖かい。午前九時に家を出た。池袋駅前の広場、よく当ると評判の宝くじ売場に人が行列していた。

今日は『点と線』と『黄色い風土』。

身の丈二メートルぐらいある、むやみに頭の大きい男が入ってきて、そのとき、もう大きさに驚いていたのだが、その男がゆらゆらとやってきて、私の目の前の席に腰かけてしまった。もともと頭の鉢が大きい上に、ありすぎる髪の毛をカーリーヘアにして逆立て盛りあげているので、何も見えない。よく男の人は腰をずらしてくずした腰かけ方をするから、そうやってくれれば画面もどうにか見えるようになるのだがと、首をのばして覗いてみると、男のズボンの脚は前の椅子の背につかえて動きがとれないほどで、くずした腰かけ方を期待するのは無理であった。何も見えない。私のうしろの席の人が立ち上って行ったから、そこへ移った。一列おいたうしろならば、たいていは見えるのだが、何も見えない。再びあきらめて立ち上った。立ち上って見わたしてみたら、六列ばかりは男のうしろの席に人が坐っていないのだった。この人、こらえ性のないヤクザのおにいさんでもきていたら、なぐられているところだ。もういままでに何度かそういう目にあっていそうだ。それでも映画が好きなあまり、ハタ迷惑も承知、怖いイヤな目にあうのも覚悟の上で映画館にやってきているのだ。

　デパートの食品売場で、三箱千円のギョーザ買って帰る。

　ある日。

寒い。ホカロンを入れて家を出る。午前十時。

今日は『影なき声』と『顔』。入場券自動販売機の前に男が十人ぐらい並んでいた。

三分の二ほど席が埋まっている。大学生、中年の男が多い。ポマードの匂い。

「ホットコーヒーを売店で売っておりますから御利用下さい」場内放送に男の客の何人かが立ち上って出て行き、片手でマフラーを巻き直したりしながら、片手で湯気の立っている紙コップを持って、そろそろと戻ってくる。売店にある松本清張の文庫本を買ってきて、耳などいじりながらめくっている元映画監督といった風体の老人。一昨日、私も二冊買った。毎日通ううちに、つい買いたくなってしまうのだ。一昨日きていた茶色の帽子をかぶって魚釣りの道具を持ったおじさんが、今日もきている。

(一昨日は『内海の輪』と『球形の荒野』だった。軍人ものの『球形の荒野』がはじまると、こうもり傘を持ったり、コートをきちんと畳んで膝に置いた体格のいい老人たちが、息をつめてのり出すようにして観ていた。甲種合格、昔兵隊にとられて戦地に行き、人に言えない相当なこともやったかもしれない、いまは平凡な暮しの年寄りとなった男たちが眼をヒカヒカさせて観ていた。)

「スリ、置引、痴漢が横行しておりますので……」私の隣りで、カレーパンを音もさせずに食べていた中年のセールスマン風の男は、食べ終わると紙袋をたたんで平たい鞄にしまい、痴漢と疑われないように白い両手をしっかり組み合せて鞄の上にのせた。

『顔』が終わると五時近くになっていた。今日も三箱千円のギョーザ買って帰る。古い木造家屋の教会の前を通りかかり、歌のようなものを書いてあるらしい紙が玄関の扉に貼ってあったので立ち止まって読む。

『いそいそとした外出はしばしば悲しげな帰りをもたらし、楽しげな夜ふかしは悲しげな朝を生む』歩きながら考える。つまり、——遊んじゃいけないといっているのだ。夜ふかしもいけないと。つまり、——わたしのことをいってるのですね。

「ヒマでヒマで急速に貧乏になりました」S氏も此の間、電話でそう言っていた。不意に行末が心細く淋しくなった。しかし、家へ着くころ、治っていた。

ある日。

今日は『砂の器』だ。どんどんどんどんやってくるだろう、おじさんやおばさんが。日本人のココロなんだ、『砂の器』は。十時に家を出る。入ったとき『天城越え』が終わったところだった。ほとんど満員。

通路をへだてて右隣りの男は、足袋みたいな厚ぼったい左右別々の色をした靴下の足を前の椅子の背にあげて腰かけ、足元の床においた袋からパン状のものをとり出してものすごい速度で食べ、食べ終わると茶色の瓶の液汁をストローでチュッチュと吸う。そうして「痴漢と置引に御注意下さい」の場内放送に、液汁吸いを中断して「バカヤロ。痴漢だって……？　するわけねえじゃねえかよ。婆あばっかりじゃねえか」と、大きな声で言い返した。皆が笑ったので得意になったのか、液汁のせいでメキメキと元気が出たのか、その男はニュースと何本かの予告篇がはじまっても、自分の意見や感想を発表し続けた。

「バカヤロ、こないだもみたぞ、なまけるな、またやってんじゃないかよお」と奥多摩の鮎解禁のニュースを叱る。悲しい音楽が流れて予告篇の主役女優が現われると、「あ、佐久間良子、練馬の御嬢さんだ、練馬じゃない目白だったかな、目白の御嬢さんは習字がうまいんだ」主役ばかりでなく脇役が現われても一々名前をよびあげ、「大正十三年生れ、淡島千景と一緒」「熊本出身よ」と出身地趣味年齢も叫ぶ。くわしい。映画業界にいたことがあるらしい。「××××。あ、いいんだあ、この女」「なんだ、これは」などと、機嫌がいいのだか悪いのだか、判断がつかないから、まわりの客は目を合さないようにしている。そのうちに急に眠たくなったのか、静かになった。それでもまだ頬のあたりを、泣いているようにひくひくさせ、半ば夢うつつで「いやじゃありませんか」と映画についていいたてている様子だったが、やがて鼾《いびき》をかきだした。

——夕方の逆光の海辺で砂の城をかため作っている少年の姿が、タイトルの背景にうつし出されると、まだ物語がはじまっていないのに、客席の方々から、ああ、と溜息のような声が流れる。皆、何度も観て、知っているのだ。『砂の器』は、不思議な映画だ。何度でも観られる。

刑事が二人(丹波哲郎と森田健作)、炎天の田んぼの中の道や、かげろうのたつ田舎町の道を、汗をふきふき歩いて行く。のんびりした景色、といってもねころんでいる人などは出てこない。のんびりした川だが人が何か獲っている。のんびりした野原でも人が何か採っている。昔の日本の景色だ。六月の終わり、国電蒲田操車場内で、六十年配の男の扼殺《やくさつ》死体がみつかった。被害者の身元がわかり、容疑者として新進天才作曲家が浮んでくるが、殺人の動機が、いまひとつ、はっきりしない。二人の刑事の捜査が続く。

　出生の秘密を暴かれるのを怖れて愛人と恩人を殺してしまう作曲家になる加藤剛は、適《はま》り役ではない。顔が立派すぎるのだ。大岡越前守だってやってのけるぐらい立派な顔なのだから。それでもよほどうまい役者なのだ。観ているうちに、こういう、むーっとした感じの音楽家もいるのかもしれないなと納得させられてゆく。立派な顔を同様に持っていても桃太郎侍高橋英樹ではダメなのだ。

　物語が後半にさしかかったころ、便所にたち、ついでに、しんとした売店で何か食べるものをと物色していると、カメノコ半纏で赤ん坊を背負い、ゴム長靴を履いた小柄のおじさんが寄ってきて、

「おねえさん、早く入らなくちゃ。これから丹波哲郎がしゃべるところがはじまると

こだから、急いで入らなくちゃ」と教えてくれた。

これから、――捜査会議の席上で、やっととけた殺人の動機の謎について、刑事丹波哲郎が語りだすのだ。それにつれて、ハンセン病のために郷里を逐われた父親とその男の子（作曲家）の巡礼道行場面となるのだ。峠から村を見下ろして、おじぎする父子、もの蔭や野良にたって、かぶりものをとり、ひそかに目礼して見送る村の人たち。雨の日、長い木橋を渡って行く。落日の海岸。雪の日、お堂の中でおかゆをすする。アンズの真盛りの往還。父親（加藤嘉）の病状は進む。タラカピラタカタタアアア、ピラカタタラカピラアアア、と哀切なピアノ音楽が高鳴るのだ。観客は皆、待ってましたとばかり存分に泣くのだ。――

私はうんうんと肯き、紙コップを持って暗がりへ戻った。

ある日。

「おたく、いまおヒマ？」と、Ｏ氏から電話がかかってきた。Ｏ氏は旧い友達、映画雑誌を一人でやっている。Ｏ氏の仕事、手伝う。夕方で一区切りついて終わり。

「いやいや今日はすっかり御苦労さん。お世話になったから御馳走したい。ちょっとおいしいすきやきあるの。御馳走したい」と言ってくれる。あまりお金を持っていそうもないＯ氏なので、いいえ、いいんですと遠慮したが、「やっぱりね、人間、ちゃんとしっかり食べとかなくちゃ」などと、なおも言ってくれるので、それでは、と恐縮しつつ、すきやきなんてスゴいな、わるいな、と丸窓のはまったお座敷を頭に浮べながら、アンモニアの匂いとインクの匂いの澱む風通しのよくないガード下に沿った通りを随いて行く。

しっかり食べる……これがお腹の大手術をしてこのかた、入退院を毎年のようにくり返している単身者《ひとりもの》Ｏ氏の生活の基盤だ。しっかり食べて体重をふやして風が吹いてもよろよろしない体を保とうとしている。

「ヨシユキの『街角の煙草屋までの旅』……あの題は、つまり煙草屋までしか歩けなくなったということかな。ヨシユキも体わるそうだね。どこがわるいの？　あなた知ってる？　俺よりわるい？　俺、このごろネコの食いもの買いにセブンイレブンまで行くの、やっとだ。自転車もよろよろするし……。しかし、歩かないことには生きられないからなあ。永井荷風は最期歩行困難になったんだって？」

Ｏ氏は六十五ぐらいだと思うが、大病以来十歳は老けてみえる。歩くのものろくて明治生れに思われたりすることさえある。試写会や会合に出席のはずのO氏が現われなかったり大幅に遅刻してきたりするのは、家は早目に出るのだが、駅の階段の上り下りや、電車ののりかえなどの途中で息がきれ、壁に凭《もた》れたりしゃがんだりして休み休み息をつないでやってくるからだ。

それでも、いったん自転車にまたがりさえすれば、とたんに顔つきから体つきまで町内の世話好きな電器屋のおじさん風に甲斐甲斐しく若返って、銭湯へでも定食屋へでも診療所へでも楽々と出かけて行けたのだ。桃色のスリッパ（家の中で履いているスリッパのまま、O氏は表を歩きまわり、またそのまま家の中へ入る）をつっかけて、荷台の籠にネコを入れて、ネコの医者まで自転車を走らせるO氏を見たことがあるが、人の歩く速度に合せてのろのろと走らせたり、片手でハンドルを操り、片手で荷台を押えてすいすいと人混みを縫って漕いだり出来たのだ。

麻雀屋に古切手屋、タイプ印刷屋、絵具製造所、帝国貿易共済センターなどという右翼のようでもあるし左翼のようでもある名前の事務所、どもりを治す精神肉体強化研究所などが並んだ先、敗戦後の外食券食堂のような店の硝子引戸をあけて入った。一人前五百円のすきやきなのであった。チャーシューメンと同じ値段の珍しい安さに驚くと同時に、ほっとしたような、当然のような、つまらないような気持がした。しかし、食べはじめたら五百円のすきやきは具の量が沢山あって、甘くてくどくて、ちゃんとお腹がいっぱいになるように工夫がこらしてあるのだった。O氏は常連らしく、手ぎわよくテーブルをまわってガスの火を調節している平たい丸顔のおかみさんから、センセイとよばれていた。

隣りも二人連れで、五十がらみの男女が鍋をつついていた。紺色の背広の痩せた小柄の男が、鍋の中の豆腐に割箸を突きさしたまま、のり出す恰好で、「……それはわたくしがいたらないからだと思っております。そういう風にわたくしはですね……」と、こめかみに筋を浮かせて商売上の苦衷を訴えている。格子縞のスーツを着た体格のいい女が、胸にこびりついたものをはがして払い落したりしながら、ふんふんとつまらなそうに聞いている。

O氏は、「人間ちゃんとしっかりと食べとかなくちゃ」をくり返し、ひっきりなしに鍋の中をかきまわしては、黒くなるほど煮え震えている肉を、自分の分までせっせとくれたり、嗄《しゃが》れ声を張り上げて卵のお代りを頼んでくれたりするので、私は十二分のもてなしをうけているな、と満足した。

しばらく人と会う機会がなく、ネコとだけ口をきいていたというO氏は、頭の中に押し合いへし合い浮遊してくるものに勝手気ままにとびのり、勝手にとび移り、あれもこれもと、せっかちにしゃべりはじめた。

「××のやつ。あいつ色魔だったんだ。いままで気がつかなかったなあ」ここのところ一人でずっと××という人の性生活ぶりに感服しきっていたらしく、いきなり、う、うん、う、うん、と××さんがのりうつったごとく仕方咄をした。私は××という人をまったく知らないのだが、知っていようといまいと平気だ。

「昨日はさ。四本立ピンク（映画）のうち、二本観て出てきた。そう、新橋のガード下の。これがとても面白かった。どうしてそんなに面白かったか、家へ帰ってずっと考えてみた。結局よく考えてみたら、俺って何にも女のこと知らなかったんだよね。俺って少年みたいなんだよね」

「いまごろ気がついたの」

「そお」おそろしく真面目な顔をして深々と肯く。もう手遅れではないだろうか、それに自分で自分のこと少年みたいだなんて、よく言えるなあ、私はそのように思ったが黙っていた。

国際映画祭や最近観た映画の話になったら、O氏の眼は輝やいてきた。頬ぺたもふくらんできた。佐藤重臣さんとこの人は、ほんとに「映画の子」だな、つくづくと私は感心した。テーブルの縁を「そお!!」と平手で叩き、「そこなのよね。それ、誰かが言わなくちゃね。それ言ってもらいたいんだなあ」と、人なつこい笑い顔をして大仰な相槌を打つ。「自分で言えば。映画評論家なんだから」と言うと、ジロリと眼つきが変り、「そんなこと言ったって体力が落ちてるしね。カラダがね!!」と、気に入らぬことを言われてイヤだと思ったときの怖い顔になった。

酒類は次の日猛烈に腹が痛くなるんだ、と言いながら少し飲むと、注射したみたいに、ぐんぐんぐんと元気になってきた。そうして自分と自分の死んだ母親と自分の飼っているネコ以外のものを片っぱしから裏目読みした。するとあんまりしゃべり過ぎたためか、急に低血糖におちいり（O氏は自分でそう言い、いそいでポケットから用意の甘露飴を出してしゃぶった）、ぐなぐなぐなと体力がなくなってきて、「俺って世間のこと何にも知らないで生きてきたんだなあ。いまになって気がついたよ」と、じっと眼をつぶって萎《しお》れた。

「『×××××（O氏の雑誌よりハイカラで上品な映画雑誌）』見てる? 俺見ない。

本屋にあっても手にとらないんだ。ああいうの一頁でもめくって見たら、自分がダメになっちゃいそうな気がする」はじめてO氏の家に行ったとき、陽がよくあたる二階の、二間をぶち抜いた仕事部屋に上ると、そこは新聞紙、雑誌、本、紙、お椀、箸、皿、黒焦げの魚の干物、ネクタイや紐などが部屋中に散乱し、畳が見えなくなっていて、幾重にも新聞紙が重なっているため、歩けば滑った。大小のネコが新聞紙に潜ったり隠れたり跳び越えたりして遊びまわっていた。何だか野原みたい、と言うと、O氏はすぐさま新聞紙の波間にねころんで匍匐《ほふく》前進し、三八式歩兵銃を構えて狙い撃つ格好をしてみせてくれた。……あんな風にO氏は独り強気で、三八式歩兵銃の故障を直し直し撃ちつづけているのだと思い込んでいたのに、……わたしらと同じようなこの気の弱さ……。今日、私が頼まれたのも、原稿依頼の電話をあちこちにかける仕事が主であった。O氏は受話器をとりあげて人さし指をダイヤルに近づけるところまではするのだが、その先は心臆してダイヤルがまわせず、指をひっこめて、ああ、と溜息をつき、俺は気が弱くて電話かけるのが苦手だと言う。これは性来の気の弱さというより、原稿料を佃煮や羊かんで間に合せたり（私は佃煮を貰った）、まったく払わなかったりすることがあるので気がとがめているのだ、と私は思ったが。

威張っていたかと思うと妙に謙遜してみせたりして、止めどなくだらだらとＯ氏はしゃべり続けた。いま食べたいものの話、老齢年金の話、よど号犯人の話、洋服と靴の話、中目黒の座布団売春の話、また映画の話、――そうして、その合間合間には、久しぶりに人と会えてこんなに沢山しゃべれた嬉しさがこみ上げてくるらしく、鍋をかきまわすお箸を握ったまま、伸びあがって店内を見わたしながら、「今日ハウレシイナア」と、シンから嬉しそうな言い方で何度も声を張り上げるので、まわりの客たちはその度にびっくりして、こっちを見た。

御馳走様でした、と立ち上り、二足三足歩きだすと、相当大きな平べったい物体が倒れる音が背後でした。ビニールの丸椅子もろとも、Ｏ氏が仰向けに床に転がっていた。一瞬、ああ、こうしてＯさんは死んでしまうのだ、と思った。だが、しょっちゅう、こんな風になるらしいＯ氏は、いっこうに平気で、「今日はありがとうね」と、転がったまま人なつこい笑った顔で挙手の礼をしたので、私はＯ氏の表現力の見事さに、十二分を通り越すもてなしをうけたと感動した。

ガード下の通りをぬけ出ると、正面のホテルの屋上の太い排気管から、もうもうとネオンに染まって桃色がかった湯気が噴き上り、そのそばに桃色がかった月がかかっていた。あ、満月。今日は眼からウロコがとれたりはめられたり、とれたりはめられたりした。頭の中が豊富になったみたいだ。

『今年お世話になった人、今年笑わせてくれた人、今年元気をくれた人にお歳暮を』

だいぶ前の食用油のＣＭに、こういうのがあった。三項目にわたってあてはまるＯ氏に、お歳暮を今年はあげたい。

ある日。

くっきりと富士山が見えた。うちの前の道の桜に、朝からさんさんと陽が射し、満身をぬくもらせていた桜は、午後になってこらえきれずに、一片二片と散りだした。四時、わたしらは出かける仕度をした。ほんものの美空ひばりを見るなんて、もうこれから死ぬまでないことだろうね、と口紅をつけながら燥《はしゃ》いだ。

『美空ひばり　ｉｎ　ＴＯＫＹＯ　ＤＯＭＥ　不死鳥翔ぶ!!　空に向かって』

一人一万円の切符をわたしらは買ったのである。大病を一年で克服したひばりが出ずっぱりで二時間三十九曲の舞台をつとめるという。日本一の芸人を一度眼のあたりに見てみたかった。

安手の宇宙船が不時着したような東京ドームのまわりに近郊近在からくり出した大型バスが続々と到着。降りてきた人たちが旗を先立てて行列を作り、めいめい電車でやってきた人たちと合体、ドームのまわりを蛇行してとり巻く。とぐろはどんどんふくらんでくる。ほとんどおばさんばかり。声を嗄《か》らして駈けずりまわる整理員の指図にしたがって21番口の列に並んでいたはずのわたしらは、いつのまにか20番口の列にまぎれ込んでしまい、気がついて21番口の列に戻ろうとすると、人生の荒波をくぐりぬけてきた虚偽不正を憎むこと激しいおばさんたちに私はつきとばされ、Hは蹴倒されてつんのめり、石段から転げ落ちまいと必死に四つん這いになっている背中とお尻を寄ってたかって踏んづけられ、二人とも墨を呑んだように心の中が真黒となった。

七時開演、水色の照明の中にせり上ってきたひばり嬢は、片手ぐらいの大きさにしかみえなかった。しかし、ほんもののひばりがいるのだから不平をいう者はなかった。やがて三十九曲ゆるぎなく歌いきったひばり嬢が、最後にしずしずと赤い衣裳の裾をひいて花道に進み出てくる。いままでうっとりと頭の中で唱和していたおばさんたちが、裾わった眼つきに変って立ち上り、あたりの人をおしのけ、椅子をつきとばし、花道めがけて群がりおしよせ、ひばりちゃーん、こっち向いてえ、と叫ぶ。重労働のあとの死んだ人のように蒼ざめた顔を声のする方へ向けて、ひばり嬢がにっと笑う。スキトオッテルゥ、透きとおってるう、ものすごくきれいい、とおばさんたちは口々にいい合い、そして、幸せね幸せだ、と手をとり合って確認し合いながら、今度は出口へ向って殺到して行った。

「終演後は席に坐って係員の誘導放送にしたがい、順番にお立ちください。次はＣブロックＡの３Ｂの３……」場内放送のいうことをきいて静かに坐っているのは、老夫婦や病気持ちの体の不自由な人たちだけである。たなびく埃の中に茫然と腰かけている老夫婦は柏餅を出して食べはじめた。わたしらも持ってきたお弁当を思い出し、紙包をひろげた。

　水道橋の駅は人で溢れていた。駅に近いそば屋もお好み焼屋もスパゲティ屋も、ドーム帰りで満員であった。すいてる店を探し探し、神保町まで歩いてしまった。

「しょっぱなに、おばさんにパンチくらって挫かれて、今日はすっかり元気なくなった。女が弱いなんて冗談じゃないよ」

「おばさんを甘く見ちゃいけないよ」

「いままでだって決して甘く見ていたわけじゃないけど、今度ばかりはスゴさをみせつけられました。ああ、いやだいやだ。生れてはじめて人に蹴られたんだ。なぐられたり往復ビンタくらわされるより、蹴られる方が何倍かみじめで情けない」

「あたしらなどファンとはいえないのですよ。ひばりを見るためならば、人を踏み殺してでも行く……これが真のファンなんですよ」

　ひばり嬢の歌をきいているうちに、蹴られてもきてよかったと、真黒になった心が次第に晴れてきていたのだけれど、最後の花道でネズミ色に戻ってしまった。今日は二万円かけて金ぴかのぴかぴかの一日になる筈であった。多少なりともとり返したい。九段まで足をのばして靖国神社の桜を見て帰ることにする。

　だらだらの暗い坂を上って行く。大鳥居の彼方から匂いのこもった生あたたかい風が吹きおりてくる。ソースの匂い。トマトケチャップの匂い。日本酒の匂い。おでん汁の匂い。桜の下の地べたの宴会はいましがた大方は終わり、車座を作っているのは、立ち上って帰るのも面倒臭くなっている一組。

「あいつがそういうんだったら……そのときのことよ」などと、しんみりと会社の話をしている。会社員は大へんだ。鞄持って背広着て、会社の帰りにお花見に行く。背広を桜の枝にかけて鞄を盗られないようにお尻の下に敷いてお酒を飲む。まだ店じまいをしない屋台の裸電灯の下で、ゆで卵を剝いて食べている男。思い出したように、だるそうな手拍子が疎らに起り、すぐ止む。中途ハンパな隅の方で、相手の顔も見えない暗がりの地べたに坐って向い合って飲んでいる人がまだいるのだ。タバコの火だけ赤く見える。

公衆便所の前の人糞。した人のこの気持わかる。中でするより外でした方がましな便所があるのだ。しかし滅多な場所でしてはいけないと思い、この人は便所のすぐそばに礼儀正しくしていったのだ。

金髪の西洋人の男が、花びらのくい込んだ砂利の上に寝倒れていた。

十一時半、わたしらの花見終わる。森閑とした正面大鳥居下に一台だけ居残っている石焼き芋屋が、しきりに手招きする。近づくと、芋をタダであげるといっているのだった。三十半ばぐらいにみえる芋屋は手提げ袋を覗いて、その中のものは何？　食べもの？　芋ととりかえてくれない？　朝から一日芋だけしか食ってないの、何かほかのもの食べたくて、というのだった。サンドイッチと焼きむすび一つ、お弁当の残りを差し出すと、芋三本くれた。地下鉄の最終に間に合う。

ある日。

病院へ眼の検査に行く。午後の眼科待合室は年寄りで溢れている。貯金通帳なんか出して悪い眼で眺めている。

お嫁さんらしき人が付添う和服の老婦人。職人風の老人。月に二回、三時間かけて大宮の在からくるというお婆さんは、十六、七年も通っているらしい。

「眼はこれでいいってとこがない。どんどんどんどん悪くなる。戦争前から、あたしゃここに通ってるんだ。昔は先生威張っててね。ロクに口なんかきいてくれなかった。いまはちがうね。ほれ、話し声聞えてくるでしょ。あんなに沢山話してくれなかったね。昔は現金いっぱい払ってね、診てもらったんだ。いまはちがうね。ホケンとか老人サービスで何かかんか引いてくれる。いまは先生たいへんだよ。朝から診て、昼食べて三十分も休まないよ。すぐまた午後から診察で」

「古い方の頃、いらしたことある？　歌舞伎座の小さいみたいな造りの家で。院長先生がでーんと坐ってらして。いまは半分ぐらいに小さくなっちゃったけど。今日ぐらいバカな患者ばかりきたのははじめてだ。なんておっしゃって五分ぐらい演説なさるの、みんなポカーンと眼え悪い人たち聞いてるの。何か言ったら叱られそうでね」

「人間、悪いとこはみんな眼にくるんだって。あたしなんか眼え悪いだけで、あとはみーんな丈夫。はじまりは眼の奥痛くてねえ。居ても立ってもいられない。畳叩いて苦しがりましたよ。そんなの昔のこと。それから霞んできた。そうそう霞んでる景色って、昔あったっけ。あたし忘れちゃったわ。もう全部見えない。ただ、あたり茶っぽいだけ。柱時計なんかは音と見当でね、あの辺にあるってわかるの。馴れですね。いきなりこうなったら半狂乱だけど、いまはこれが当り前よ」

眼の検査が終わると夕方だった。瞳孔をひらく点眼剤が今日はバカに効きすぎた。表へ出たら雨脚や水たまりが、一斉にユラユラ、ギラギラと白い玉を放って眩しい。足許の地べたが分厚く浮き上って段差や勾配がわからず、のっぺらぼうなのだ。タクシーをとめた。

お茶の水橋をわたって駿河台下へ向って走り出すとまもなく、「最近の若いやつはけしからんなあ。すぐ別れるなあ。村田英雄の夫婦ナントカ（歌の題名である。正確におぼえていないのでナントカとしておく）ってのを、じっくり聞いてみるといいんだ。知ってる？　夫婦ナントカ」と、運転手さんはしゃべりかけてきて、その夫婦ナントカという歌を一番二番と続けて歌ってきかせてくれる。

「やっぱりさあ、男も女もいい年して独り者ってのは駄目だよね。世間に信用してもらえないよね」歌い終わると、そう言った。

「はあ、そうかもしれません」私は裁判の被告みたいに、こっくりと肯いた。うちは離婚した娘と亭主に死に別れた私の二人暮しである。

　運転手さんはそのあと、（お年玉とか褒美とか）子供に金銭を与えることの是非を討論するラジオの教育番組に出演していた女流評論家や女性有名人について、××は立派だ、それにひきかえ、×××はけしからん、×××は男癖もわるいそうじゃないですか、と品定めをした。運転手さんは子供に金銭を与えるのは、堕落の素である、犯罪の素である、という意見だった。「お宅じゃ、どうです？」

　羞ずかしがりの夫は、わが子にすらすらとうまく口がきけなかった。お前を可愛がっているのだよ、そういう気持を表わしたいとき、突然、子供にお金をくれたがった。女房にも、嬉しいにつけ楽しいにつけ、お金をくれて表わそうとした。食卓をはさんで私たちを向いに坐らせ、手品師みたいな手つき眼つきで、おもむろに状袋から紙幣をとりだし、私の前へ一枚、娘の前へ一枚、ときには焦らすように一寸考えたふりをしてから、さらにもう一枚ずつトランプを配るようにくれた。私たちは顔を真赤にして「とうちゃんありがとう」と、ふところへさっとしまいこむのだった。私は、いまだって薄曇った広いがらんどうの空をぼんやり見ていたりすると、お札がヒラリヒラリと置かれた食卓が浮んでくることがある。

……それなのに私は、「はあ。うちも子供にはお金をやらないようにして」などと、裁判の被告みたいに力なく肯いた。

表参道の勾配を下り、代々木公園と競技場の間の道にさしかかるころ、しゃべり続けていた運転手さんは、むっつりと押し黙ってしまった。夕暮の小雨の中で、まだ散り残っている桜が明るい。私の眼の眩しさは殆んど元に戻って、窓外の景色がのびのびしてきた。代々木八幡の交差点で信号を待っているとき、運転手さんはエッエッと泣きだした。右折すると、高い塀内から桜が掩いかぶさってきて桃色のトンネルのようになっている道を泣きながら走った。ひどい客がいるんですよと言って。ひどい世の中だと言って。金がたまらないと言って。そうして到着して料金のやりとりを行なうときには、弱々しい人になっていた。

ある日。

原宿の図書館に本を返しに行き、代々木公園をぬけて戻る。黄色くなった太陽が、ゆっくりとヒマラヤ杉の向うに傾きかかる。芝生の上にも、いちめんに黄色い光が流れていた。遠くの向うの木立の下から黒い犬が芝生の上を私の方に向って近づいてきて、反対側の林の方へ、耳を上下にゆらして歩き去って行った。四本の足の先だけ足袋をはいたように白い、大きな犬。うしろからパタパタ足音がして、Hがおいついてきた。Hは大井町へ南米ものの映画の二本立を観に行った帰りだった。おびただしい数の、頭に縦縞が二本入った黒い中型の鳥が芝生に散らばっておりたち、滑るように芝生を歩いて地べたをつつきはじめた。土中の虫が動きはじめる季節《とき》だ。それをつついて食べているらしい。つつじが滅茶滅茶に咲いている。白い房の花を総身に垂らしたニセアカシヤの大樹の近くは、豆の煮える匂いがたちこめている。

　あたしがいままで読んだ小説のなかで、もっとも感動した小説は『八月の光』という小説である、それはアメリカ人のフォークナーという人が書いたのだ、と妙に真面目くさった厳かな口調でHは前置きを述べ、並んで歩きながら、

「牧師、クリスマス、女、妊娠した女、神のごとき労働者が出てくるよ。アメリカの南部のその町には、気象の関係で八月のある一刻、ふしぎな光に包まれるときがある

んだって。それが題になってる……」と、熱心にそのすじを話しはじめた。カラスが二羽、へんな声をあげながら宙でもつれ合い、木立の蔭に落ちては再び宙にはばたいてもつれ合う。Hは立ち止まるとカラスに向って、「ウルサイネエ。このスケベ」と声を張り上げて叱咤し、すぐまた『八月の光』の話に戻る。くわしく話すので園内を二周りした。

ある日。

どこもかしこも、いっぱいの人出。それをテレビがうつして見せてくれるので、毎日家の中でじっと見ていた。

○秩父では重要文化財である秩父ナントカ太鼓を連休にやってきた観光客に特別に見せた。しかし、それは本物ではなく、重要文化財の本物はお宮にしまってあって、本物とそっくりの太鼓を叩いて見せた。

○日本ライン急流下りの舟は、客を超満載して、いまにも転覆しそうになって下る。

○夏がくれば思い出す……の歌で有名な水芭蕉の生えている湿地帯に架けてある橋の上にも、こぼれ落ちそうな人の行列。人で橋が見えない。

○アルプス頂上の尖端の岩にも三十人ぐらい、かじりついている。
○有明海のドロンコ競走には何万人とかの人出。西洋人までドロンコになっている。
○ディズニーランドは満員で締切り。
○京都はやはり、何といっても金箔を張りかえた金閣寺。もろもろのお寺に勝ってしまった。
○連休の途中でお金が足りなくなってひき出す人が沢山いたので、郵便局のオンラインがこわれた。
○連休いまからでも間に合う穴場をおしらせする広告番組。
○女の人が山登りして死んでしまい、人をくり出して大騒ぎして死体を探しに行ったら、見つかる前に、ほかのおじさんの死体を見つけた。そのおじさんの死体の方は、誰も騒いでくれない誰も何とも思っていない死体だった。
○東京湾人工海岸。べとべとした波打際の中途ハンパなところにしゃがんで、紙皿の焼きそばや箸につきさしたフランクフルトソーセージを食べながら、眠たそうに水面を眺めている家族連れや独り者らしい中年男。みんな帽子をかぶっている。

以上

私はこの人工海岸に何回か行ったことがあるが、地図をたどって行っても、どうしても行きつけない場所があるのだ。――でも、そんなこと深く考えない方がいい。行ってみるとがっかりするようなところかもしれないのだから。

明日で連休は終わる。夕方から横浜へ憂歌団を聴きに出かけた。終演《おわ》って表へ出たら月夜だった。にんにく一かけらの形の月。人気《ひとけ》のない暗い野毛の坂を下ってくると、体格のいい三十前後の男が二人、陸橋に凭れてバナナを食べていた。

「にいさん、おれ、眠くて眠くて」

「おい、もう五月だぞ、あの二頭は強引なレースをするぞ……」などと話しているのが聞えた。

ある日。

さあ、これから朝の御飯を、と箸をとり上げたとき、

「昨夜の夢、ちょっと面白かった。おかあさんが出てきました。聞きたいですか?」

とHが言った。知らぬ間にぬけだして、ほかの人間の頭の中にいるあたしはどんな奴かな。

「聞きたいです」と私は言った。

――そこはどうも外国らしかった。すごく豪華なホテルに何故かあたしはいて、埴谷雄高さんと大岡昇平さんも何故かいました。埴谷さんと大岡さんがしきりに騒いでいる。百合ちゃんがいなくなった、といって。あたしはべつだん驚かないで「あの人はいなくなる癖があるんです、いまにぶらりと帰ってきますよ」というのに、埴谷さんと大岡さんはああでもないぞ、こうでもないぞ、警察に届ける届けないと大騒ぎしている。騒ぐといっても浮き浮きと燥いでるみたいでした。そのうちに一晩たって次の朝になったらしい。それでもまだ帰ってきていないとわかると、あたしは忽《たちま》ちどろどろめためたな気持になってしまった。そうして、ロビーに集まってきて、笑い話なんぞしてる、知ってる人のようでもあり知らない人のようでもある奴等を怒って小突きまわしたりしました。埴谷さんと大岡さんは探しに行くといって、二人連れだっていそいそと表へ出て行き、そのまま忘れてどこかへ遊びに行ってしまった。あたしはもう、うおう、うおう、と泣きながら矢鱈と歩きまわっていると、知ってるような知らないような誰かが、おかあさんがみつかったと知らせにきてくれたので出かけて行く。おかあさんは町のビルとビルの間のゴミ棄て場になっている空地で、ゴミの中にしゃがんで、自分の着ているものをひっぱったり、汚れた綿のようなものをひろげたり、紐類を垂らしてみたりしてました。ぼろぼろした布を重ねて頭からひっかぶって浮浪者になってました。呼ぶとこっちを見るんだけど全くの知らん顔でね。にやにや薄笑いをしながら、ひろげたりひっぱったりに没頭してました。やっとつれ戻ってくる途中でふり返るとビルの向うの空に火の手がめらめらと上って火事。そこのところ映画みてるみたいにきれいでね。眼がさめたら汗びっしょりかいてました。——

「火事のとき、あたしはどうなってました？」

——いままで浮浪者やってた人とは思えない素早さで自分の大切なものだけ袋に入れて背負い、一言も口をきかず、人波をかきわけて逃げ出そうとしてましたよ。——

お愛想をいってもらったというか、親孝行してもらったというか、夢のなかでのこととはいえ、何だか私は気分をよくして、「今晩、母の日をやるかな。今年は築地で、小僧寿司でないお鮨が食べたいね」と提案した。

夕方、仕事先からのHと歌舞伎座の前で待合せる。今日は舞台げい古だとかで、歌舞伎座の入口はひっそりしていた。ここで待合せしているのは女ばかりだ。それも和服の年寄りが多い。夕陽が照りわたっているのに遠くでしきりに雷が鳴っているように思われたが、待合せの年寄りたちは平気な顔をして煙草をくゆらしていた。

E鮨はすでに満席。老人夫婦がお土産の鉄火巻の折りを注文、それを提げて立ち上ったあとへ腰かける。石どうろうと人工滝をあしらった坪庭が硝子戸越しに眺められる畳の席では、会社員の宴会がはじまっている。男六人と女二人が、ああいう奴らはハッキリ言ってバカ、などと言っては大笑いし、赤くなった顔で天ぷらや鬼がら焼を食べている。ここは天ぷらもおいしいのだ。

さいしょにビール、それから澤之鶴。そうして、「アナゴ」と言う。アナゴ、私は好きなのだ。そのあとは、

①まぐろ赤身。イカ。

②まぐろ中とろ。赤貝。

③タコ。再びアナゴ。

④あまえび。平貝。

⑤再びまぐろ。イカ。

⑥こはだ。玉子。

⑦のり巻。

鉢巻をした握るおにいさんは、②③のころまでは私たちが食べ終わるのをじっと待ちかまえていて、お次は、と訊くが、④のころより訊かなくなり、まな板に布巾をかけたりして、こちらが頼むまでほっといてくれる。はじめは、お絞りで手を拭き拭き首をのばし、硝子箱の中の材料に眼を輝やかせて注文し、口に運ぶと殆んど滑るようにのみ込んでいるのだけれど、③のころより、眼がとろんとしてくるからだ。

右隣りの客、男の方は中小企業の小の方の会社社長か、町内一番の電器屋の旦那といった風体の福々しいおじさんで、女の方は金色の馬車の模様の派手なブラウスを着た肥ったおばさんで、それぞれ年の頃は五十を越していそうな二人連れである。明らかに夫婦ではない。ただの仲でもない。ビールをさしつさされつしている。

「よし。じゃ、こっちの右のはじから左のはじまで、タネを順に全部握ってもらおうか。さいしょ、ひらめ?」とおじさんが言い、おばさんが「うん」と肯く。まぐろのところまできて、中とろを口中に含んだとき、五体を駈けめぐりつつあったおじさんの仕合せは、その極に達したらしい。「うまいなあ。生きててよかったなあ」と、うるんだ声をあげ、「わたしもお」と、おばさんが言った。いいな。いいな。嬉しそうだな。たまに、浅草から東武電車の急行に乗って、鬼怒川温泉なんかにも遊びに行くんだろうな。

「淡泊なものからはじめて、味の濃いものへと食べていく方がいいぞ」左隣りの若い男二人連れ、年長らしい方がそう言い、

「うん。鮨はめったに食えないからなあ」と、年下の方が慎重な態度で答えている。

えびにアナゴにまぐろにイカにタコ、再びアナゴ。嵐が吹き荒れるように食べた。母の日だから、お勘定はHがもった。

日比谷公園まで歩いた。鮨屋にいる間に通り雨があったらしい。拭ったような夜の空に白い雲が一つ動いていた。夜光塗料を浴びせかけたみたいな公園の緑の奥に一ヵ所、紅白のまん幕を張ってあるのが見えた。何していたのだろう。

　ある日。

（テレビで見たのだけれど、）最近、私がおどろいた職業がある。銭湯の煙突掃除屋さん。

　菰藁《こもわら》を体全体に幾重にも巻きつけた掃除屋さんは、二十三メートルの煙突のてっぺんに上り、わが身を掃除ブラシにして筒の中の煤《すす》をこそげ落しながら下降する。煙突

一本四十分かかる。一本九千円。銭湯では一年に一回、煙突掃除をするのだそうだ。一日に五（？）本はやりたいね、それでないと食べていけないのだが、と掃除屋さんはいう。煙突一本からとれた煤は、大きなゴミ袋に三十袋。自分が煙突掃除した銭湯のお湯に浸って体を休めている掃除屋さんの父親と息子。父子二人が組んで働いている。息子がブラシとなり、父親は介添役。四十近い息子の背中を父親が流している。東京にはもう、この父子ぐらいしか、この仕事をしているものはいないだろう。だからまあ、やっていけるのだろうけれども。

前には同業の仲間もいました。煙突の中に墜落して、あっちこっち痛い苦しいと泣き泣き寝ていたが、二週間経って死んだ友だちもいました、と、父親に手伝ってもらって菰藁を体に巻きつける支度をととのえながら、掃除屋さんは口数少なく、もの静かに語る。

東京下町の年季の入ったさまざまな職人さんたちが出てきた。大切なのはこだわりの心だ、などと説教調の芸術談をはじめるテレビ馴れした人もいた。絶対に毛が抜けない筆だ、ホラねと穂先をひっぱって自慢する筆屋さんもいた。その筆は洒落た名前がつけられていて、えらく高そうだった。

筆の毛が少しぐらい抜けたって、いいじゃないですか。煙突掃除屋さんの父子の姿を見ていたら、ほかの人は色あせて見えた。
「職人てものは、ほめられると喜んじゃって、何でも一生けん命やっちゃう」と、自分たちの気質について、一人の名人は誇らし気に語っていたが、煙突掃除の出来をほめてくれる人は誰もいないのだ。

ある日。(下部温泉行)
電車が身延《みのぶ》線下部《しもべ》駅にとまると、座席のほとんどを占めていた老婆の全員が立ち上って降りた。踏切りをのろのろ渡って、待っていた宿屋の送迎用バスに乗り込んで、全員いなくなった。炎天下にとり残された二人に陽焼けした小さな男が寄ってくる。
「どこにお泊りですか？　ゲンセンカン？　ああ、あすこは相部屋にされるですよ。××はどうかな。信玄公の隠し湯。××ならすぐ迎えの車こさせますよ」パンフレットを見せようとするのを断って、川に沿ってゆるやかな勾配のある道を歩きはじめた。日蔭がまったくない乾ききった道のはるか前方を、パラソルをさした女の人が一人歩いているだけ。誰も泳いでいないプールの眩しいコバルト色の水。何条にもはりわたしてある万国旗がだらりと垂れている。実の入った藤豆がぶら下っている藤棚。川のほとりの薄《すすき》の中の『ヌード天国』と剝げた看板のかかった小屋は、破れささくれたベニヤ板の扉が開けっ放しになっていて、こわれた椅子やビールの空箱が草むらに放り出してある。

三十分以上歩くと、ホテル風や入口にくねった枝ぶりの松などある和風の宿屋が土産物屋をはさんですき間なく建ち並ぶ温泉街に到着。ここから先は、あくまで濃緑の急傾斜の山が重なり合い立ち塞がっているだけである。それと、その上にかぶさっている青い空だけである。元湯、本湯、湯元、隠し湯などなど、どの宿屋にも看板にうたってある。迷った末、木造三階建本湯岩風呂D館へ入った。

仲居さんが先に立ち、階段を上り、長い廊下を歩き、また階段を上り、廊下を歩いてから、板状と球状の石を交互に埋めた作りの石の廊下をわたり、富士の間という部屋に案内される。扇風機をつけて仲居さんいなくなる。二人とも座敷のまん中に坐って、手提げ袋を握りしめたままボンヤリしている。畳の縁布は時代劇テレビに出てくる殿様の羽織みたいなキンキラキン。仲居さん、お茶道具とモナカと宿帳を持ってくる。私はゆっくりした手つきで宿帳に書き入れる。仲居さんに（及びHにも）旅馴れている人に思われたい気持。仲居さんがいなくなってからモナカを食べる。案外おいしい。

道をへだてて向いの宿屋の緋もうせんを敷いた玄関と二階の客室が見える。無人の客室の床の間に扇風機がまわっている。玄関の植込みと石畳に、年とった男衆がホースで水をかけている。ながいながいこと、気遠くなりそうにながいこと水をかけたのち、バケツをさげて裏手の石段を川原に降りて行き、桐の木の下の流れに何か棄てた。川原には西陽がもろに照りわたっていて、大きな岩と岩の間の僅かな日蔭にアヒルが二羽眠っている。打水を終えた向いの宿屋の玄関に、汗を拭い拭い年寄りの男女四人の客が着く。靴を脱いで緋もうせんに上り、奥へ消えた。どこかで電話のベルが鳴っている。

　観光案内のパンフレットをひろげていたHは、「なーんにもないとこね。見たいと思うようなものは何もない。あ、牛石だって。牛石っての、見ようかな」と言う。

　晩御飯までの間、表へ出てみる。『熊野権現を経て物見台にいたる』の道標。宿屋と宿屋の間をぬけて裏手の山へ上る。アンパン一つ落ちていた。蝉の声が絶えまない。どこの宿屋でか、子供が強烈な声をあげて泣いていた。権現様は芽ぶきの小さな古びたお社《やしろ》で、正面の観音開きの格子扉からのぞいても、中は真暗で何も見えない。たてまわした数枚の板戸のほか、賽銭箱や格子扉、裏手や横手の羽目板にいたるまで、すき間なく書き記されたボールペンの文字。

○岩田五助、左手を早くなおして下さい。

○一日も早く全快し、後遺症が出ませんよーにK・H。

○しんせき友達が元気でいるよーに。

○女の子にもてますよーに。

○両足が痛いのです。どーぞすっかりなおるよーおねがいします。

○咳がとまりますよーに。

○首がなおりますよーに。

○シーちゃんと兄貴が絶対うまく結婚までいけますよーに。

○歯がなおりますよーに。

○小指が全快しますよーに。

○私の生れつきの病気がなおりますよーに。

○母の顔の神経痛をなおして下さい。

○難聴腰痛貧血心臓背骨の病気がなおりますよーに。

ここは、癒《なお》る神様なのだ。右手の陽のあたらぬ薄暗がりの隅の小屋に、『松葉杖奉置所』の札がかけてあり、腋の下があたる部分を白い革でくるんだ松葉杖や杖、木製や革製の義足、草履などがぎっしり、こんがらがったように積まれている。ここのお湯にきて癒った人が、要らなくなった道具を納めて行くのだ。境内は樟《くす》が多いらしく、樟脳の匂いがした。

川の向うが賑やかな通りに思えた。橋を渡って行ってみる。陽射しが衰えた川原に月見草が開きはじめていた。多目的ヘルシー浴場（うたせ湯、泡沫湯、箱むし、歩行浴の看板が出ている）。ホルモン焼屋。やまめ床という床屋。香港フラワーが天井から下った酒場。宿屋の玄関から走り出てきたサンダル履きの仲居さんが曳売りの八百屋からバナナの大房を買う。

眩しい照明の下に、水晶細工、信玄だるま、菓子、餅の類を平たく積み並べ、軒先には風林火山の旗やキーホルダーなどを吊るした土産物屋は、どの店先にも客の姿がなく、一軒の店先におばさんが一人立ち止まっているだけだった。宿屋の浴衣を着たおばさんは、ザルなど手にとってよくよく見てから買わず、夢遊病者の如き足取りで宿屋の方へ戻って行った。

「買いたいと思うものはないが、温泉場へきて何か買わないとつまらないからね」そう言ってHは貝と造花のついた江の島土産のようなペン立とカルルス煎餅を買った。この店の飾り窓には水晶の結晶の置物やお面などと一緒に赤めのう細工の男の性器の置物があって、私はそれを見つけてしまったので、そっちの方を見ないようにしていた。見るとへんな人に思われそうなので。お酒でも飲んでいたら、平気になってじーっと見てしまっただろう。

「ここは何も見るとこなくてね。一寸上に行くと昔の家がありますよ」と店のおかみさんは言う。

「牛石というのは？」

「さあ、知らないねえ、そんなもの、ここにあったかなあ」

暗くなりかかった頃、向いの宿屋の板前らしい若い男衆が、川原に降り、流れの中の石をとびとびにわたってアヒルに餌をやりにいった。そのあと、大きめの石を一つ一つ抱え運んで流れの一部をせきとめ、アヒルの水浴び場を作ってやっていた。

晩御飯。おつゆ。枝豆、貝とカニ。カレイの唐揚げ。焼魚、玉子豆腐と茶そば。大きな桃（ただあまーいだけの、パンみたいな桃）。

岩風呂に行く。ほの暗い洞窟のような浴場。水あかでぬるぬるしているところと、そうでないザラザラしたところがまだらにある石床の流し場の中央に矩形の湯舟が二つ。片方の湯舟に男五人女一人が首だけ出して並んで浸っている。混浴である。まごまごしているわたしらに、

「熱いのに入ってからぬるいのに入る」と湯舟の中の男の一人が声を発し、つき当りの一段高い岩の上にある湯舟を、わずかに顎をまわして教えてくれる。その熱い湯舟に浸ったのち、誰も入っていない片方の湯舟に足を入れようとすると、

「そっちは冷たいよ。こっちがぬるくていいよ」と、湯舟の中の別の男の声が教えてくれるので、六つ首が浮いた湯舟の方に恐る恐る入る。驚いた。ぬるい湯ではなく、冷たい水なのである。水風呂とは知らなかった。

「ゆらさないでね。しずーかに入って下さいよ。出るときもね。しずーかにゆらさないで出るの。水が動くと、はたの者の脳天に沁みるからね」おじさんの一人が言う。

「おねえさんがた、どこからきたの？」河口湖からバスに乗り、本栖湖の峠をぬけて甲斐常葉《かいときわ》駅で身延線に乗りかえ、下部駅で降りて、どんどんとあてずっぽうに歩いて

橋のたもとまできたら、この宿屋があったので上った、元湯より本湯の方がいいような気がして。――そんな風に答えると、

「よくぞここへきた」と一人が褒めてくれた。

「ここは予約しようとしても滅多に思った日に予約出来ないの。行きあたりばったりでよく入れた。よくここと決めた。運がいい。ここの風呂が一番いい。部屋がとれないからほかに泊って、一日千円払ってこの風呂に入りにくる人もいるくらい。わたしはゲンセンカンにいたんだけど、ここに移った。よく入れた。わたしなんか、部屋あいてるのにフリの人は駄目と断られたことあるんだ。本当に運がいい。天気はいいし、宿屋はいいし、あんた方、運がいいんだ」

運がいい運がいいと、代る代る口を揃えて言いきかす。どこがわるいのかね、と訊くので、どこもわるくない、と答えると皆して笑う。一泊して明日もう帰る、と言うと笑い、温泉なんか滅多にきたことない、と言うと、また笑う。長逗留でお互い話し飽きてしまっているらしい。新入りを迎えて活気づいたらしい。皆、どこか痛くてわるいのだそうだ。一回一時間ぐらい、じっと浸っているのだそうだ。

私の右ものそばに足をのばしている二十代のおにいさんは、ヤケドをして、それ

から手術をして、次に交通事故で怪我をしたので、きているのだそうだ。一日に六回一時間ずつ浸る。

「朝の六時のときにゃ眠っちゃう。イビキかいてたなんていわれるよ。冬はもううんと寒い。でも一時間浸ったあとは、ぽかぽかするよ。骨折は熱い湯であったまっちゃいけないんだ」

私の左もものそばに足をのばしているおじさんは、おにいさんの話がすむのを待って、キャタツに乗って消毒してたら転がり落ちて骨折した、と自分の怪我について先ず語ってから、

「あすこの人、いくつに見える？」と、一番はしにいる人の方へ、眼だけ動かす。

「四十半ば？」皆、顔見合せて満足気に笑う。

「七十歳。一日三リットルこの鉱泉水飲んで、一日六回浸ってる。すごいでしょ」すごいでしょ、といわれたその人は、鼻の孔と口だけ出して緑色とコバルト色の二枚のタオルで厳重に顔を包み、後頭部まで水に漬けて仰向けの形になって浸っている。タオルに鉱泉が沁み入って顔面も浸っているのと同じ状態になるから顔にも効いて顔も若いのだ、ベテランになるとちがうね、とおじさんは説明する。

(そうやって若く見えて丈夫になったとしても……一日六回一時間ずつも入って、三リットル飲んで、ただそれだけを年がら年中やってるだけだったとしたら、若くなったとしたって、一体どうということでもないんじゃなかろうか)私はいっこうに感服しなかったが、口に出して言わなかった。若く見えるのが自慢のその老人は、皆が自分のことをほめているのを、タオルから片耳出してきいているらしかった。

富士宮で習字の先生をしている色白でふくよかな首の老婦人は、長年坐っていたので足がわるくなったのだそうだ。捻挫は捻挫してからでは遅い、する前にここにきて浸らなくちゃ、と言う。別のおじさんは厚木の瓦職人で、屋根から落ちたのだそうだ。会社づとめの人は一人もいない。会社員がこんな風に長湯治していたら、クビになってしまうだろう。

「ここは湯治場だから、どこも見るとこないし、団体がきても酒飲んで大騒ぎしない。酒飲んでここに入るとすぐ醒めちゃうんだ」ヌード天国がさびれていた理由がわかった。交通事故にあった人は松葉杖ついてヌード見に行きたがらないと思う。

皆、代り番こに話をしながら、じっとわたしらを見張っていた。湯舟から上りたそうな気配を察すると、折角きたんだから一時間は浸らなくちゃ、と誰かがひきとめ、皆が同調する。上ってはわるいような気持がして、とうとう一時間浸り続けてしまう。

「明日六時に入りにきなさいよ。待ってますよ。折角だから、もう一回入って帰んなさいよ」

　昼間のうち、川原の岩蔭にひそんで眠っていた二羽のアヒルが、真暗になった川原のまん中、流れのほとりまで出てきて、二羽くっつき合って、山の方を眺めている。

「シヤワセ者だな、あのアヒルさんは」自動販売機で買ってきたワンカップ大関を飲み飲み、Hは言う。

　テレビをつけると、残留孤児を育ててくれた中国の養父母に寄せて作った、という歌を三波春夫が歌っていた。

〽吾子の幸福ただ祈る、ああ中国の尊い媽々《マーマ》よ　もう二度とあえないかもしれないあきらめました……。

　三波春夫は中国の媽々への感謝の歌を歌って、えらいなあと感心してみていたら、このように歌っているのだ。中国の養父母が、もしこの歌をきいたなら、そんな風に勝手にきめてもらいたくない、と憤慨するだろう。その上、雪を蹴たててタンタンタンタンと名調子の入る三波春夫お得意の赤穂義士討入の歌と、メロディーがあまり変らないのだった。

夜更けになると川の音が一段と冴えわたって聞えてきた。ねしな、川原を見ると、宿屋の灯りやネオンもあらかた消えて、涼しくなった川原の闇の中で、アヒルはめきめきと元気がよくなり、眼の加減か、図体もふくらまってきているようで、底光りするような白さにくっきりと二羽並んでいた。

ある日。（下部温泉行　つづき）

眼がさめる。体は鉄製のギプスに入っているよう。顔と頭は鉄仮面をはめられているよう。夢もたしか次々とみたようだが、どれもいい夢ではなかったよう。わるい夢といってもくだらない夢であったよう。

「さっき豆腐屋さんがラッパ吹いて通った」。Hが同じく仰向いたまま、ふとんの中で言う。お尻がめちゃくちゃに痒い、と言う。どこもわるくないのに、いきなり一時間も水風呂に浸ったため（はじめは二十分ぐらいしか入っていられないものだそうだ）、潜んでいたわるいものが泡沫《あぶく》みたいにあらわれ出てきたのではあるまいか。私は頭がわるく、Hはお尻にわるいところがあるのではないか。

あらためて部屋の中を見まわす。山水の墨絵の掛軸。お姫様の持物みたいな蒔絵風プラスチック製らしい箱。お姫様の持物みたいな蒔絵風プラスチック製らしい電話台。千両箱の灰皿。

今日は曇りかと思っていたら、七時半ごろ、東の空をくぎって立ちふさがる山の頂きから、楔《くさび》形の光線が一本、川に向って落下し、楔形は何本にも散らばり、山頂に太陽が姿をあらわした。みるみる陽を浴びはじめたまわりの山の遠くで蟬が一匹鳴きはじめ、連れて二匹三匹、たちまち蟬時雨となる。向いの宿屋の前の木でも一匹鳴きだした。川原の桐の木は今朝見ると、ぐったりした大きな葉の上に鈴なりの固い実をのせている。

テレビをつけると、木材が上った、といっていた。山梨県は日本で一番不景気である、ともいっていた。（ついこないだのテレビニュースでは別の男の人が、山梨県の経済成長のび率は三年連続日本一、といっていた。）

朝御飯。豆腐味噌汁、納豆、海苔、生卵、鰺の開き、おひたし、あさり佃煮。

帰りの車を待つ間、橋の上からアヒルを見る。一泊だとお名残り惜しい。でも二泊したら飽きてしまいそう。

「カモ。肥ってるでしょ」宿屋の仲居さんらしい人がやってきて話しかける。

「あれアヒルじゃないんですか」

「カモ。もうじき食われちまうですよ」

下部駅の待合室の壁には、俳句に趣味のある地元の人たちの短冊が貼ってあった。

『木喰《もくじき》を讃う町長に梅香る』このゴマスリ俳句が一番面白かった。

甲斐常葉駅に戻ると、富士吉田行のバスがきていた。一日に下り一本、上り一本。午前中富士吉田発、河口湖を通り昼過ぎに着き、四時過ぎの上り発車時刻まで、ずっとここで待っているらしい。運転席に帽子を置いて運転手はどこかで休んでいるらしい。ひまわりと百日草が咲く駅前の空地に、書道教室や石材屋や印刷屋の立看板にまじって『木喰上人誕生之地』と記した地図入りの立札があった。

鉄銹《さ》びにまみれた肉桂色の石がころがる線路のきわまで迫ってきている山の、山裾のところどころに、そよとも動かぬ竹やぶ。製材所の機械の音と、ときどき鳴くにわとりの声。どこかの家から微かに聞えてくるテレビかラジオの歌。陽盛りの表を歩く人の姿はない。

バスが出るまでに、日の出食堂とのれんのかけてある店に入って遅いお昼を食べた。

客はなく油染みた扇風機がひっかかるような音をたててまわっている。東南アジア土産らしい象の置物。除臭剤の臭いがベニヤ板の便所から洩れてくる。舞妓さんのポスターとハワイ旅行のポスターが貼ってある壁の品書（肉丼、冷やしラーメン、ラーメン、親子丼、玉子丼、カレーライス、モツライス、野菜いためライス、酒）を見ていると、おかみさんが出てきて、「今日はこれとこれ、二つしか出来ねえです」と言う。私はラーメン三百五十円、Hは冷やしラーメン四百五十円。

平たい鞄を持った若い男がひっそりと入ってきて、洗い場に近い席に腰かけ、手帳をめくって何か書きつけ、五千だね、と領収書をきっておかみさんに渡す。おかみさんはその男に、「さあさあ、食べてくりょお」と冷やしラーメンの皿を出し、洗い場で洗いものをしながら、今日はとうちゃんは三角畑へ行って大根やら何やら蒔くだかしている、今年は砂地に西瓜やってみたけんど五本植えて四つなって、それもあんまし甘くはなかった、などと大きな声で男に話しかけていたが、そのうちに、相当な枚数の丼や皿が雪崩れこわれる盛大な音がした。

バスの乗客は、わたしらと老婆一人。発車まぎわに先生に送られてきた幼稚園児が十人ばかり乗りこんできた。カバンにつけた鈴をちりちり鳴らして車内を駈けずりまわり、席をやたらと移って、じっとしていない。転がって泣く子、ぜいぜいと咳をする子、空気のようにざわめき騒ぐ。運転手は先生がいなくなると、「イタズラせんでちゃんと乗ってろ」「うっちゃっちもうぞ、川へ」「穴掘って埋めちもうぞ」などと、うんざりした口調で叱りとばした。

片側に桑畑と枝豆畑と南京豆畑の続く乾いた道で何回か停車、二人三人と園児は降りていく。停った場所には、麦わら帽子の母親や黒いこうもり傘をさした年寄りが迎えに立っていた。木喰橋をわたったバス停で老婆が降りたあと、わたしら二人を乗せたバスは走り放しで重なった山の間の道に入り、蛇行して上り続ける。甲斐常葉から河口湖まで二時間一六五〇円である。昨日この道を下ってきたときは、わたしらのほかに老人が一人乗っていた。

「山ってつながっているんですね」

「こういうの、斎藤茂吉みたいな人は、山はつながってると、すぐ歌によむんでしょうね」

バスの速度が落ちたとき、開け放した窓すれすれに咲き続いている紫色の葛の花のいい匂いがした。

峠を上りつめたところにある本栖中之倉トンネルをくぐりぬけると急停車。運転手がふり向いて、しわがれ声を張りあげて何か言う。耳をたてて聞き直すと、

「五千円札の裏の富士山はここから撮影したものです。どうです、日本一の眺めだわね」と言っているのだった。わたしらはいそいで財布から五千円札を出してひろげ、

「ほんとだ。そっくりですね」と感心した。


本栖湖入口で男の子二人乗り、精進湖民宿入口で男の子二人降り、女の子一人と行商風の男一人乗る。山田ホテル前で女の子降り、緑の休暇村で行商風の男降り、五十年配のおばさん四人とおじさん一人乗る。休暇村の宿泊施設にパートで働きにきているらしかった。洗いものは大へんかね。なに、重箱だから大したこたねえ。ワイングラスも洗うんよ。孫の守りするよりやいいだ。子供の守りは疲れるじぇ、自分の子のときから好かん。と大声でしゃべり合い、明日は遅番だ早番だ、と騒いで、編物教室前バス停で皆降りた。二人だけとなる。

「あんたたち、一体どこまで行くの？」本栖トンネルを出たところで折角機嫌よくなった運転手は、再びうんざりしてきたらしい。わたしらは恐縮する。「あともう少し。河口湖まで」

ある日。（富士北麓）

湖畔の金物屋でペンキと刷毛、軍手、草刈り鎌を買う。いつもここ（帳場）に坐っておられた綺麗なおばあさんはお元気ですか、とおかみさんに訊くと、去年の夏に亡くなりました、と言った。二十数年前、山小屋を建てたばかりの頃、のこぎり、斧、なた、鍬など、山暮しに必要な道具類を、少しずつ、この店で買い揃えていった。木綿の着物をきちんとまとった、歌舞伎の女形みたいな顔立ちのおばあさんが店をとりしきっていて、刃物類の手入れの仕方、砥石の選び方、釘の買い方、もろこしや十六ささげの蒔き方など教えてくれた。いま孫をおぶって帳場に坐っているおかみさんは、その頃若いお嫁さんで、生れてまもない赤ん坊をおぶって店の前に打水などして立ち働いていた。

「ちょっとお待ち下さい」おかみさんは、そう言って奥へひっこみ、もろこしを三本持って出てくると、もぎたてでないように見えるが、もぎたてなのです。この三本は新種ではじめて作ってみました。この辺では誰もまだ作ってないでしょう。むしたらとてもおいしかったので食べてみて下さい。と新聞紙にくるんでくれる。

軍手は、カチボシ印（星の中に勝の字のマーク）滑り止めビニボツ手袋、という名前である。五本の指腹（指紋の部分）に黄色いビニールのボツボツが猫の足マメみたいに貼りつけてある。滑らず疲れず、通気性抜群、柔らかく使い易く、従来の軍手より数倍永持ちするそうである。

夫が生きている頃、こういう軍手はまだなかった。軍手の掌がわにゴムやビニールがべったり塗りつけてあるのしかなかった。生きていたら、さぞ感心するだろう。そうして、私が感心するのが遅れたり黙っていたりすると、この手袋をバカにしてはいけない、と私をじろりと見つめて言うのだ、きっと。

毎年八月の半ば、旧盆が近づく頃になると、山小屋の内外には、湿った感じの大きなハエが異常にどっさり発生する。夫は二本のハエタタキを座右に置いて愛用していた。（何故二本かというと、ハエタタキにとまってしまう利口なハエがいるので、そのハエだけは叩くことが難しく、もう一本を必要とした。）原稿用紙に向って思いあぐねているときなど、手にとってつくづく眺め、撓《しな》い具合、形、大きさ、軽さ、について一々ほめあげ、

「いいか。ハエタタキをバカにしてはならんぞ」と、まだ私がハエタタキについて何

一つ考えていないのに、にらんで言うのだった。
また、鯛焼についても、一口食べて表と裏を眺めまわしたあげく、「鯛焼をバカにしてはいけない」と私に向って重々しい口調で言った。「バカにしていません。これから先もバカにしないと思う」と答えても、疑わしげにじーっとにらんでいるのだった。

ある日。（富士北麓）

今朝くらいうちに泊り客が全部富士登山に出かけてしまったから、いまのうちに、と午前中、Ａさんが便所のタンクと洗面所の水漏れをなおしにきてくれた。この二ヵ所は冬場凍るせいか、毎年具合がわるく、今年も夏のはじめに管理所に頼んで修理したばかりなのだ。Ａさんがなおしてくれている間に便所に行きたくなったので覗くと、部品をバラバラにとり外している最中で、当分駄目だと思い、庭に出て太い赤松の蔭に隠れて用を足した。随いてきた玉は一部始終を考え深そうな顔つきになって見ていたが、私が立ち上ってゴム草履の足をどかせると、すぐさまそのあとにせっせと土をかけてくれた。それから暫らく食堂のテーブルで字を書いていたら、道具箱を提げてよろよろとAさんが便所から出てきた。ながいことしゃがんで力をこめてねじったり締めつけたりしていたので、立ち上ったとき立ち眩《くら》みがしたのだそうだ。

「洗面所の蛇口にパッキンが入ってなかった。どうしてああいう手抜き仕事をするのかねえ、そのココロがあたしにはわかんないよ。あたしなんぞ技術一筋で何十年勤めあげたけど一度だってあんな手抜きは、……」と、Aさんは自慢と悪口を半々にしてしゃべり、しゃべり続ける途中で、私の手許にふと眼がとまる。

「おや、奥さん、本書いてるの、大へんだねえ。それ、奥さんの本？　きれいな本だねえ」と、俄かに眼がピカピカしてくる。あたしは本など出してないのに、どうしてそんなことを言うのだろう、ときょとんとしていると、まだるっこそうに繰り返して言う。Aさんの眼の光には、

――本を出したのに何故くれないのか。くれてもよさそうなものなのに。そこへいくと大岡昇平先生は御丁寧な方、御立派な方だね。湯沸し器とドアをなおして差し上げたら『一補充兵の……』という御本をちゃんと下さいましたよ――、

　そういう気持が溢れていた。そして、我慢出来なくなったらしく手をのばし、原稿用紙のはしに文鎮代りにのせてある即席カレーの紙箱をさわると、「何だ、これ、本

じゃないのか」とがっかりした。カレーの箱は、エジプト風の金色の馬の絵が描いてある、てらてら光ったオレンジ色の箱で、丁度単行本の大きさと厚さでもあったので、間違えたのだった。

「今日、夕方になったら山を下ります。新宿行最終バスで東京に帰り、明日お葬いに出たあと、河口湖行最終バスに乗って戻ってきます。猫を置いていくので」そう言うと、折角骨折って便所をなおしたのに、と残念そうな疑わしそうな顔になる。管理所で貰ってきた山梨日日新聞（一面と八面と十二面に深沢さん死亡の記事がのっている）を証拠に見せると、

「ああ、この深沢七郎さん、ナラヤマセッコウの」と肯いた。

「この人、よぼよぼの年寄りばかり出てくる妙な小説かく人でしょ」七十五歳か六歳になるAさんは『楢山節考』は好きでないらしい口ぶりで、まだ残念そうな疑わしそうな顔をしているので、この人は武田のお通夜の晩遅くに、足がむくんで這って歩くような病人だったのに、尿瓶《しびん》とバケツを用意した車に乗って埼玉から、途中おしっこをしいしい、長時間かけてきてくれたんです。だから、わたしも山から下りておまいりに行かなくちゃ、と説明すると、

「それなら、丁度、下に用事もあるから車で送ってあげますよ。三時半に上の門のところで警笛鳴らしますから。タクシーなんかよぶのはもったいない。明日も最終のバスときまっているなら、河口湖の駅まで迎えに行ってあげますよ」と言う。そう言ったあと、庭の草むらの方に顔をねじむけて、「カワイそうだよッ」と憤慨した口調で言い、帰った。

あくる日。（富士北麓）

新宿発最終バス、午後七時四十五分河口湖駅前に着く。降りると手伝いの老人（真夏の忙しい間だけ、Ａさんの助手として会社寮にきている）が駅舎の正面のまん中に立って、しきりにおじぎをしてくれていた。この人のおじぎは遠くからでもすぐわかる。指先までぴんと揃えてのばした二本の腕を体の両脇にぴたりとひきつけて不動の姿勢をとり、上半身を前に倒す。昔、海軍の軍人さんがこういうおじぎをしていた。老人から十メートルほど離れたところにＡさんが直立して、合図の手を振っていた。

「四、五日すると少年野球のグループ四十人が泊りにくるんです。練習出来るグランドが借りられないかというんで、湖畔の民宿のテニスコートを貸して貰えるように交渉しに下りてきたので、わざわざではありません。ついでにお迎えにきました。丁度よかった」と、Aさんは言った。「東京は暑かったですか」と、手伝いの老人が訊いた。東京と比べれば冷え冷えする。五合目から頂上まで、富士山の山小屋の灯りと登山者の灯りが全部見える。

お葬式はすっかりすみましたか。いく人ぐらいきましたか。大きな家ですか。ナラヤマセツコウの人は子供がいるのですか。などと、Aさんは真正面の黒い紙を三角に切り抜いてはりつけたような富士山へ向って上りのアクセルを踏み込み、まっしぐらに車を突進させながら、立て続けに質問した。門の前で車を降り、新宿でバスに乗る前に買った雀寿司一本と鯖寿司一本を、今日中に食べて下さいといって差し出した。Aさんは、ハ、と言って両手で捧げもち、手伝いの老人と並んでおじぎをした。私は最敬礼をした。

懐中電灯で照らしながら、庭を駈けおり、熱いお茶を入れ、雀寿司を食べ、三色とり弁当（これも新宿で買った）を食べ、甘納豆を食べ、ぶどうを一房食べてのち、ぼーっとなる。

今日は一日、すさまじい暑さだった。久喜という駅で降りてタクシーに乗った。十数年前に一度きただけである。なんでも川が流れていて、そのそばの倉庫みたいな家だった、という私の覚束ない記憶をたよりに、炎昼の商店街、熱風の吹く稲田の間をタクシーは走りまわった。散々迷った末、小さな橋の前に出た。橋の向うの川べりの土手に、日傘をさしたり、ハンカチを頭にのせたりして佇《た》っている四、五人の黒服の男女が見えた。「ここじゃないかね」運転手が車をとめた。

深沢さんの家では、もう告別式は終わっていて、これから焼場へ出発するところだった。突然多勢の人に踏み散らかされて凸凹になった庭の泥を踏んで座敷の方へまわると、明るい縁先へ運び出されてきたお棺の中に、身内らしい喪服の男の人や女の人が泣きながら、巨峰ぶどうの大きな房を入れていた。

私は庭の植木の蔭から拝み、門の近くに三々五々かたまって佇っている見送りの人の中に混じった。

マリリン・モンローが死んだ年だから、三十数年昔のことだ。モンローが死んだのは夏の盛りで、信州の山奥の湯治場でその訃報がのっている新聞を読んだ。秋になり東京の家へ戻ると、深沢さんがふらりとやってきた。当時、小説『風流夢譚』で右翼からいいがかりをつけられ、住所不定となって暮していた深沢さんは、一ヵ月に一度か二度、気が向くとどこからか訪ねてきてくれるのだった。

「マリリン・モンローが死にましたねえ。あの人は腕なんか綺麗だったねえ。腕だけ写真でちらっと見てもハッとしたね。モンローだってことすぐわかった。ほかの女とはどこかちがった出来だった。でも綺麗な女は綺麗なうちに死んだ方がいいですねえ。ブリジット・バルドオなんかも婆あになるまで生きてられちゃがっかりだ。モンローが死んだとき、生きてるってことは人の死んだ知らせを聞くことだって思いましたねえ」

饅重とって皆で食べよう、と夫が言っても、食べたくないと言い、あれもいらない、これも結構、とお茶だけ何杯も啜りながら、そんなことや、いま書こうと思っている小説のあらましなどを話した。淫乱お殿様の話だったとおもう。そうして帰りぎわにいつもするようにギターをとり上げ、途中三べんぐらい、いつものように必ず間違え、その都度丁寧に弾き直し、目の見えない人が歌うみたいに首をかしげて、「楢山節」を嗄れ声で歌ってくれた。

〽お父っちゃん出て見ろ、枯木ゃ茂る、行かざなるまい、しょこしょって。

泣き虫の夫はビールを啜りながらいつものように涙と鼻水を垂らした。深沢さんはレコード二枚くれて（一枚は『ハンク・ウイリアムス・ヒットソング』もう一枚は、たしか『撃墜王アフリカの星』の主題曲だったと思う）、ふらりとどこかへ帰って行った。

――人間の臨終も、こんな風に引越と同じように思えるのだ。そこの窓のふちの玉《たま》目《もく》も、天井の板の目も、障子のさんの板の目も、そこの窓から見える隣りの家の板塀も、目に見えるものと別れて行くのである。（深沢七郎『流転の記』）

畑のような庭。植木や泥や石ころや板ぎれや、転がっているスコップや如雨露《じょうろ》。柵の向うの雑然とした景色。それらをさーっと見回し、目薬をさすように眼に入れて帰ってきた。

ある日。

今朝も玉、私が便所に行ってもやってこない。ここ二日ばかりやってこない。起きぬけに用を足す音をききつけるとやってきて、

「おばさんオハヨー。あたしも元気。何してるの？　ふーん、便所ですか」便所のドアの角や柱の角に耳のつけ根や口の端をすりつけて挨拶したのに、Hの部屋のタオル

を敷いた寝箱の中から、澄んだか細い声で鳴くばかりである。

「知ってますよ。知ってますよ。だけどあたしは行けないの。どーしてなんだろーねー」

冷蔵庫の開閉音、紙袋を破る音、蛇口をひねった音、飲食に関わる音を耳にすれば、息の続く限り長くひきのばして鳴きながら、どこからともなくやってきて、

「何を食べてるの。見せて下さい」と自分も負けずに食べ、ちゃりちゃりと水を飲んだのに、寝箱に横たわったまま、声にならない声で「ニ」と鳴いて、血の気のひいた薄い舌先を見せるばかりである。

「きこえてますよ。きこえてますよ。おばさんたち、何か食べてるんですね。見に行きたいけど行けないから、口だけペロペロしてますよ。何故だか、どーしてなんだろーねー。動けないよ」

Hは、革靴三足（玉が最も気に入っている品物）にマタタビの粉をたっぷりふりかけ、玉の寝床のまわりに並べてやったが、そんなものはもうくどいのだ。見向きもしない。

「天皇だって、あんなに手をかけられたって弱ってきてしまうのだから。玉は天皇よ

り年上だもの。百だもの」

「いや、でもまだまだ玉は持ち直しますよ。きっと大丈夫です」夕方からHは外出した。

六時頃だろうか、代々木の森の上空一帯に黒いぼろ布のような雲が垂れこめ、大粒の雨が屛風のように降りだした。雷雲は、あとからあとから押し寄せてきているとテレビは放送していた。晩御飯は焼きそばを食べた。八時頃になると雨は小降りになったが雷鳴稲光りはやまなかった。

おしっこで湿った寝床のタオルをとりかえてやると、気持よさそうに薄眼をあけて辺りをみまわし、眼をつぶった。一たらし、水を口に入れてやると、ずいぶんと間をおいてから、眼をつぶったまま、こくりとのみ下した。夕方よりさらに顔が痩せてみえた。

お風呂に入っているときも雷鳴がしていた。雷鳴の合間に、ふと玉が元気ないい声で鳴いたように思い、濡れ裸のままとび出して行ってみると、四本の白い肢をすんなりと揃え、首をのばしてね入っていた。もう一度湯舟に浸りなおしてから行ってみると、さっきの恰好のまま息をひきとっていた。

——玉は秋の早朝、銀座の路地裏でHが拾ってきた牝の虎斑《とらふ》の三毛猫である。回るレコードにじゃれてとびのれば、そのままレコードにのって回ってしまうほどに小さかった。叱らないで飼えば大猫になるぞ、と四肢を調べて夫が言った。母猫を真似て、猫の首っ玉をがっぷりと口にくわえ、ぶら下げて廊下を往き来する私をつくづくと見て、「丈夫な歯だなあ」と、歯がほとんどない夫は羨ましがった。玉が充分大きくなってからも、玉はそうされるのをノドを鳴らして喜び、猫と私の芸当のように、そうやって歩きまわっていた。そのせいで、いま、私は出ッ歯だ。

　玉と暮すようになってから十九年余り、ヒトの身の方には、いろいろ起っては収まり、起っては収まり、出入《ではい》りがなかなか多く、その度毎にヒトはうろたえ騒いだが、玉の方は病気一つせず、ナンカチョーダイ、ウマイモノチョーダイ、と平常心で日々を過して、ヒトの年齢で数えれば百歳となった。私より遥か年上となった玉は、歩いていてふっと立ち止まり、そのままの姿勢で壁に向い、じーっと動かないでいることが多くなった。私は「ヨード卵光《ひかり》」という普通の卵でない卵を割って黄味を甜めさせ、「おーい。大丈夫かあ。長生きせえよお」と、ついぞ他人《ひと》にもわが身にもかけたことのない言葉をかけた。玉は瞬間的剝製からよみがえり、歌舞伎子役のような声を張り上げて、「あーいー」と返事した……。

私はバナナを食べながら、この猫がうちにきてからの、いろいろなことをどっと思い出して、食べながら泣いた。

ある日。（翌日）

早朝、Hと私は黒い色がどこかにある服を着て、多摩の犬猫供養寺J院へ出かけた。玉をねかせた毛布の空箱はHが抱えた。Hが拾った猫だからHに資格がある。般若心経読経のあと、焼き上る順番を休憩所で待っていると、犬を入れたテレビの箱を担いだ男女や小鳥を入れた箱を片手にのせた老夫婦などが眼を赤く泣きはらして、足早に山門を入ってきた。休憩所のテーブルには魔法瓶のお茶と湯呑茶わん、おみくじ入り品川巻やえび煎餅や飴をごったに山盛りにした菓子鉢が置いてある。壁にかけてある天然色の尼様の肖像写真と何かの表彰状。その尼様が詠まれたらしい歌の短冊。「ひきとめてとまらぬものは日と月と流るる水と人のいのちよ」。前庭の瓢箪形の池に仕掛けてある小さな滝の水の音。サンダル履きの水商売風の女の人が、煙草をどしどしふかしながら、愛犬の最期が如何に立派であったか、獣医が如何にバカであったかを、連れらしい二人の女に向ってしゃべり続けていた。

焼き上りの時間がきて、墓地の間をぬけて火葬場へ行った。ヒトのよりこぢんまりした墓石に彫りつけてある文字、「愛するものよ、安らかに眠れ」「××家飼猫之墓」「心をこめて」「愛するものたちよ」「人情は紙よりうすき世の中に真に慕うて守る愛犬」「幽明界は異なれどわが心に生きる」「愛馬笹波号白山号之墓」「愛するものたちの墓」「×家チャメ号之墓」「ボンおやすみ」犬猫はもちろん、兎、カラス、金魚、亀にいたるまで。万年という名前の亀であった。愛という字がやたらある。ここにくれば、好き勝手、あたりかまわず臆面もなく思いの丈を吐き出していいのだ。「イジメテカワイソウナコトシタナア」よく透る女の声がして、相撲取りのように肥った商家のおかみさん風の人がタオルで顔を拭き拭き、箱を抱えた息子らしい青年を従えて泣きながら通りぬけて行った。墓地の外れ、火葬場の横手の蔭に、大きな箱をのせた手押車が到着していた。大の男が蹲まって入れるほどの大きさの箱のすき間から、水色のリボンの端と房々した黒い毛がはみ出していた。私はゴリラではないかと思った。

博物館にある古代動物の骨模型みたいに焼き上った玉をのせたブリキの大盆を囲ん

で、火葬係のおじさんと三人で骨を拾った。

「大きな猫だったんだねえ。あんまり骨が大きくてちゃんとしてるから、猫用の骨壺じゃ間に合いそうもないから犬のに替えたんだよ。ほら、これが背骨ね。尻尾も長くて立派だね。先の先まで曲ってない。生れつきもあるけど、きっと食物気をつけてたんだね。カルシューム充分やってあったんだ。ちゃーんと分る。ほら、ここの骨まで残ってるよ」長々とのびた尾骨の先端の小豆粒ほどの骨をおじさんは箸で示す。

「ほら、犬歯もちゃんとあって。いくつ？　十九？　十九で犬歯があるなんてすごいよ。十九なんてネコ、珍しいよ。人間でいったら百を越えるよ。ここでも、一年のうち二度か三度焼くだけだ」

「これは何？」

「頭蓋骨」

「この反《そ》ってるのは何の骨？」

「肋骨。肋骨も一本一本すっきりしてるでしょ。きれいだね。これが脛の骨。脛が長いネコだね。こんな長い肢のネコ珍しいよ。それにしても骨格がすっかり揃ってきちーんとしてて見事だねえ。惚れ惚れする。近ごろはやたら肥って大きく見えるが骨は痩せてる過保護の犬猫が多くてさ。そういう犬や猫を焼くと、うちのはもっと沢山骨がある筈だ。半分棄てたんじゃないかなんて疑って文句つける人もいるんだ。イヤんなっちゃうねえ。このごろ鳥の方が綜合餌料ってのやってるから、好き嫌いの多い犬猫より骨が立派なの。さっきは九官鳥焼いた。その九官鳥の骨も大きかったよ、案外」

「ハイ。これがノドボトケね」と、おじさんはつまんで一番上にのせ、瀬戸の白い丸蓋をかぶせて針金で十文字にくくる。

「みんなね、どんなに長生きしても早死にだと思うんですよ、ここにくる人たちは。寿命だよ。仕方がないよ」

帰りかけて振り返り、

「おじさん。骨までほめて貰ってありがとう」と、もう一ぺんおじぎをすると、おじさんは陽のあたる表まで出てきて眩しげに手をかざし、

「わたしは朝から夕方まで、ずっとこうして焼いてるの。友引の日も焼いてる。忙しいよ」と、くしゃくしゃな笑い顔をした。

それから本堂で十句観音経があがり、帰宅すると二時過ぎていた。一切を含めて供

養料四万八千円であった。

去年だったか、夜遅くO氏が電話をかけてきて、「あなたにもいろいろお世話になったあのネコが（お世話した覚えはないのだがO氏はそう言う）、いましがた死にました」と、いきなり涙声で言った。犯人はわかってるんだ、近所の病気持ちの黒ネコのせいで、とそのいきさつを延々と恨みがましくしゃべり、

「どうしたらいいんだろうねえ。俺は剥製にしたい。いくらぐらいかかるかしら。高いかしら」と、錯乱と正気半々、泣きじゃくりながら訴えるので、夜半、電話帳を繰り、剥製屋を探して問合せたことがあった。剥製屋は夜なべ仕事をしていたらしくすぐ電話口に出てきて、剥製にするなら、いますぐしておかなくてはならない処置について丁寧に教えてくれた。あのとき確か、「うちは台付きで四万五千円。ほかは高いよ」と言っていた。

飼主のこういうときの気持を納得させ、してやれるだけのことはしてやったと安心させてくれる金額は、剥製にしろ火葬にしろ、だいたい五万円前後なのだ。安すぎも

しない高すぎもしない丁度いい按配の金額なんだな。それに、骨までほめてくれた――。

ある日。

雨。天皇の御容態と鈴木大地のソウルオリンピック一等賞とを、代り番こにテレビはくり返している。

宮内庁の医師の発表「心配ない状況ではないが危機的状況でもない」何だかわからない注意深い言い方。

とうちゃん（夫）のときなんか、医者のヤツすごく失礼なことをポロッと言ったよ。何だったっけなあ、……ああ、思い出した。あのプレイボーイ風の宿直医者のヤツが夜中にやってきて、カンバシクないなあと、はっきり言ったんだ。とうちゃんに聞えるような大きな声で。

今年の稲作はどうか、と天皇は言われたそうだ。さすがは帝王学を身につけた方である。重病の床にあらせられてもすらすらとそういうことが口に出てくるのである。庭の植物についても御下問になり、侍従は、一寸お待ちを、と十五分位調べたのちお答えを申し上げた。

ある日。

二泊三日の佐渡ヶ島見物、Hが写真をとり、私が文章を書く、という仕事を貰って佐渡にきた。今朝五時半に家を出て上野から新潟、新潟から船に乗って佐渡両津港に着いたのが正午。十二時半発の観光バス（大佐渡スカイラインコース）に乗って、日が暮れるまで金山や名所旧跡を見物。今、佐和田町の海岸にある宿屋にいる。天皇がお泊りになられたこともある宿屋だそうだ。二泊のうち、一泊はごく上等な宿屋に、一泊はごく普通の宿屋に泊ってみたいと希望をのべたら、会社はここをとってくれた。晩御飯は十品もついて、そのほかビール、パイナップル、メロンであった。床の間といい、座卓といい、照明具といい、座布団といい、こういう雰囲気、何というのかしら、安土桃山風というのかしらねえ。仲居さんが立ち去ると、まわりを見回し、あまりの豪華けんらんに顔を見合せて笑う。嬉しくなって笑った。笑いながら食べた。二泊三日の間の宿泊費飲食費交通費、会社が出してくれるのである。こんな仕事するのはじめてなのである。以後、眠るまで、豪華な便所に入っては笑い、豪華な床の間を見ては笑い、笑いがとまらない。

ある日。（佐渡二日目）

眼をさますと六時半。晴れ。Hすでに起きてサンルームの椅子の上に正座、畏まって朝凪《あさなぎ》の海を見ている。

「うんとよく見ておかなくちゃ。もったいなくて」

午前午後、名所旧跡を見物。タクシーを頼んで小木町へ。峠を下る頃、暗くなってきた。平たい小さな民家につっ込むように車がとまる。「ここ」と運転手が言った。降りると海からの風が冷たかった。入口に雑種の大きな白犬がつながれていて、撫でると温かい頭だった。

晩御飯を食べて、東の端の部屋でこたつに入って、石油ストーブをつけて、テレビを見る。テレビは百円入れると六十分つく。六十分経つと、すーっと消える。私たちのほかに泊り客は、おとなしそうな若い男が一人。その男はお風呂から上っても背広にネクタイをしていて、帳場でビールを一本買い、「おばさん、明日は七時に起して下さい」と言っていた。

「ここの犬、ソクって名前らしいよ。ソクちゃんソクちゃんてよんでたから。佐渡って何にもないところだけど、犬が可愛いね」佐和田にも相川にも町の中に犬が沢山いた。

ソクは一足《そく》二足《そく》の足という字を書くのかな。一束《そく》二束《そく》の束かな。それとも速かな。即かな。どれにしても日本の犬らしくて、いい名前だ。

ある日。（佐渡三日目）

朝御飯、椎茸の煮たの、驚くばかりまずし。タクシーがくるまでソクちゃんと遊んできましょう、といって、H出かけて行った。私は風邪をひいたらしい。こたつでじっとしている。「ソクちゃんに咬まれた」とガーゼ絆創膏を巻いた左手を抱えて、Hのろのろと帰ってきた。

タクシー来て宿根木《しゅくねぎ》海岸まで乗る。Hがあっちこっち写真をうつしたあと、海岸べりのシャッターをおろした食堂の前の陽があたる地べたに座って、途中で買ったいなりずしを食べる。誰もいない。さっき、用水堀を巡らせた迷路のような路地で新聞配達のお婆さんに会っただけ。白猫が右の後肢をひきずってやってきて、「ナンカチヨーダイ。タベルモンカナンカ」と鳴く。残りのいなりずしをやると、のみ込むように食べ、「モットチョーダイ」と鳴く。「こんなものでもいいかい」とあんこの菓子をみせると、「タベテミル」と鳴く。一つやる。食べた。二つめやる。食べる。三つめ食べ残し、うしろ向きになって全部吐いた。足をひきずっていなくなった。

両津港へ向う車の中で、Hの左手が赤紫色のボールみたいにふくらんでくる。

「ソクちゃんの本名知ってる？　ソクラテスっていうんだって」鬼の手を見るように自分の手を眺めながらHが言った。

　ある日。

佐渡でひいた風邪ひどくなる一方。毎日頭痛吐気、食欲なし。Hは釘穴のような傷を、朝晩せっせと消毒しては黄色い粉薬をふりこんでいる。温泉の広告、御馳走の広告、見ても何の気持も動かない。夜、最終テレビニュースで草野心平さんが亡くなられたのを知る。

　ある日。

佐渡見物の原稿と写真、Kさんに渡す。Kさんから大福ときみしぐれをもらった。体力少しずつ回復してきた。体力回復には、お餅とワンタンがいいとわかった。それと、かんぴょうの海苔巻。

ある日。

今年のお歳暮のうたい文句は「平常心で贈りましょう」である。では平常心で贈るものはどんなものかというと、一位が海苔、二位がお茶、三位が油、四位が羊かんの順で、ハーブティーは駄目なのだそうだ。

人とちがったいいものを贈って気に入られようとする、または趣味のいい人間に思われようとする、――そういった考えをすてて贈らなくてはいけないのだと反省した。『ドグラ・マグラ』を観に行った。枝雀の怪演技に堪能して帰ってきた。

天皇の御容態わるくなり、一〇〇〇cc下血して一〇〇〇cc輸血して回復。血圧脈搏体温をテレビはこの頃グラフで簡単にあらわすようになった。

ある日。

おひる前、外から帰ってくると留守番電話が点滅していた。「ハニヤです。大岡のことで電話しました。もう知っていればそれでいいのですが」すぐ埴谷さんに電話をかけた。

「もしもし、大岡さんのこと何も知りません。何かあったのですか」すると埴谷さんは、

「大岡が集中治療室へ入ってます。今日で三日目になります」と言われた。それから時間がどの位経ってからだったろうか。

「もしもし、大岡は死んでしまいました。本当に残念だ」と埴谷さんから電話があった。

夜七時過ぎ、Hと大岡家へ。

ある日。

大岡さんの密葬の日だ。二時を過ぎたころ、陽射しの弱い西の空に、狼谷（幡ヶ谷の焼場）の煙突から立ち上りはじめた薄い筋のような煙が、茶がかった色に変り、ど

っどっと真直ぐに高みまで上って行き、やがて北へ棚曳いて消えて行くのを、西の納戸の窓から見ていた。

大晦日。

買出しの出がけに、佐渡見物の稿料（Hは写真代）振込みの通知K社よりくる。今年最後のいい知らせ。思いがけない高額。たちまちソクちゃんのこと、可愛らしい、いい犬だと思ってしまう。

正月元旦。

家にひきこもっている。

二日。

家にひきこもっている。

十二時間テレビドラマ『大忠臣蔵』をときどき見る。夜になってもほかに見るものがないので『大忠臣蔵』をひきつづき見る。

忠臣蔵の中では、吉良殿にだまされて一人だけ長袴の普通礼装で登城した内匠頭が、同僚たちの烏帽子直垂の大礼装に驚き、泣きそうになって長い廊下を駆け戻る場面と、江戸中の畳屋が集まって一夜のうちに浅野屋敷の畳替をする場面と、女の着物をかぶって清水一角が出てくる吉良邸の橋の上のたちまわりの場面、吉良邸から引揚げてくる道で、めいめいが知っている誰かに会う場面が好きだ。もう見なくてもいいと思いながら、やっているとみてしまうのである。しかし今日のは長すぎた。当分、忠臣蔵関係のものは見たくない。

三日。

今日も家にひきこもる。

晴れ。飛行船二台、夕方まで浮んでいた。渋谷駅の構内に、年始まわりの途中らしい、ちゃんとした服装の老人が、酔払って大の字うつ伏せに寝倒れていた、とHが帰ってきて言う。

天皇のお加減はますます悪い。丸正事件の人、無期懲役で正月に仮出所していた人が、支援者の家で蜜柑をのどにつまらせて死んだ。

ある日。

天皇、午前六時頃崩御。

眼がさめると四方八方妙に静か。また突発性難聴かな（一年前に朝眼がさめたらなっていたことがあるので）と、ふとんの中でじっとしていたら、襖がほんの少しあいて、

「おかあさん、天皇が死なれたみたいですよ。テレビをつけた雰囲気では」とHが言う。白の背景に白の菊、出てくる人は黒い服で、テレビは一日中天皇崩御番組。夜十二時過ぎ、控えめではあるが普通の服装、変らない語り口の人がやっと出てきた。「昭和と私」山本夏彦氏と山本七平氏。

3チャンネルだけ、おかず三百六十五日・鮭とさつまいものかき揚げ、将棋講座、セーターの編み方などやっていた。

追悼　大岡昇平さんのこと——昭和五十九年、富士北麓の夏

ある日。

午後、管理所へ行くと、管理所の軒下の丸太に大岡さんが腰かけているのが、遠くからわかった。ステッキを垂直にたてて握り、テニスコートの方を眺めておられた。

「丁度いい。これから一緒にうちへ行こう。見せたいものがあるから」と言われる。見せたいものって何だろう、刀のツバかなんかかな。そう思って随いて行った。

大岡さんは私を居間に通すと、早速庭に面した硝子戸を開けて、

「この土の減り方を見てよ。もう契約（借地契約のこと）の更新はしたくないぞ」と、ふんまん遣る方ない口ぶりである。もともと沢に向って傾斜のある庭だが、家の建っているきわから、えぐれている。富士山の一合目に近い此の辺りは、火山岩と火山砂で出来上っている土地だから、時々刻々少しず

つなだれたり崩れたりして地形が変るのは仕方がないのだけれど、大岡家のは一寸ひどい。

「今年中にコンクリートで水のはけ道を造らないと、床下の方まで土が流れてしまうから、それでいま管理所に文句を言いにいったところだ」

「そうですか。それで文句、ちゃんと言えましたか」氷入れとコップをお盆にのせて運ばれてきた奥様が、小首をかしげて、おかしそうにそう言われると、大岡さんは黙っておられた。

「テニスコートの方を眺めておられました。文句を言ったあとのお姿とは思えませんでした」

「きっとそうですよ。出かけるときは、それはもうえらい勢いでいくけれど、結局言えないんですよ」少し笑いながら奥様は台所へ戻って行かれた。大岡さんは奥様の後姿に、

「いいか。今年中に何とかしなくちゃダメだぞ」と命令され、さらにおいかぶせるように「今年中!!」と声を大きく念を押され、その勢いのまま私に向って、「うちをここから切ってとってしまおうと思ってる」と居間のまん中

へんの床を刀で叩き斬るみたいに指さされた。

今日はビールでなく、私もウィスキーを飲んだ。大きな丼の出来たてのビーフシチューも頂いた。大岡さんは急に思いだした風に一枚の葉書を持ってきて、

「こんなの知ってる？　俺は終戦男だからさあ」とおっしゃる。八月十四日、十五日、十六日と三日にわたって大岡さんの特集番組をやるNHK教育テレビの案内葉書だった。うちのテレビは山梨放送しかうつらないから見られません、と言うと、それはまたあっさりしたテレビだな、とおっしゃった。大岡家のテレビはNHKも教育テレビもうつるそうだ。NHKの天気予報のおじさんが好きだから、天気予報だけはNHKのを見ることにしているのだそうだ。その人は、前の日にした予報があたらなかったときは、済まなそうな顔をして出てきて、ぼそぼそしゃべるのだそうだ。

十四日の第一部「出征」には奥様も出演、いろいろと訊かれて答えているところをうつされたのだそうだ。

「それがちっとも覚えてなくて。……不思議ですね。大変なことになって気

が動顛してたのは覚えてますが。(品川駅で出征を見送るために)神戸から出てきて、汽車で大船の観音様のところを通ったとき、丁度夕方暗くなる頃で、観音様が怖かったのだけ覚えてます。あとのことはすっかり忘れて……。お前は何にも覚えてないんだなあと、この人にいわれましたけど。それに前の日の汽車に乗り遅れて気がせいていたし。前の日の汽車に乗り遅れたのは、丁度あの頃、午後からの時間を十三時十四時とよぶように時刻表が変ったばかりで、夕方乗る汽車を間違えたのです。何しろ京都から東は行ったことがなかったものだから。それなのに品川まで行くので。あの頃は女の人はあまり一人で遠くへは行きませんでしたものね」

ある日。

東京は三十四度。熱帯夜が続いているそうだ。夕方、向いの沢の会社寮の管理人Aさんがやってきて、アンテナをなおしNHKも教育テレビもうつるようにしてくれた。Aさんは寮に泊りにきているという中年の女の人をつれてきた。長年勤続女事務員風の人は物珍しげに家の中や庭を見回し、一人で

ここにいて淋しくないのかなどと質問し、Aさんが帰ったあとも食堂の椅子から立とうとしない。あたりが暗くなった頃、

「テレビ見にきますか、と大岡がいっています」と奥様がよびにきて下さった。うちには電話がないので、伝言にはいつも奥様が十分あまりの道のりを歩いてきて下さる。女の人が帰ったあと、パンとスープで夕食をすませて大岡家の玄関の扉をあけると、食堂の天井から吊り下った明るい電灯の下から大岡さんが色つやのいい白い顔をあげて言われた。

「いまハニヤから、テレビを見るぞと電話がかかってきた」

成城の家の緑の庭がうつる。大岡さんが何かしゃべりながら歩いている。

「ゲーリー・クーパーに似てるか」と、大岡さんは小声で訊かれる。私は肯く。海や船の景色が入って作品が朗読される。大岡さんは「たいしたもんだ」「えらいこといっちゃったな」などと呟かれる。照れ臭いのだ。そのうちに品川駅頭の話となり、当時の写真がうつると、大岡さんはやたらに咳払いをしたり、ごくんとつばをのみ込んだり、鼻もすする。

大岡夫妻と聞き手の女の人が話す場面。もの静かな語り口で奥様がこんな

話をされる。

——子供をねかそうとしていると、へんな声の男が入ってきた。それが帰ってきた大岡だった。ただ、もうびっくりして。その前に占いにみてもらったりしたのです。その頃、占いはお金ではみてくれなかったので、お米など持っていってみてもらった。そうしたら、姿を変えている、と言われたので、もうこの世の人ではないと思っていた。同じ年ごろで征っていたイトコたちと比べて、大岡は音信不通だったので。嬉しいよりも何よりも、ただ、もうびっくりして。体を洗うお湯をわかそうと火を燃やしているとき、体が震えてきたのを覚えています。——

終わったとき、私はひとり拍手をした。拍手をしていたら泣き出しそうな気持になったので、それをごまかすように、なおさら大きく拍手した。すぐ電話が鳴った。そのあと二つ電話がかかってきた。一つは長男の貞一さんからだった。大岡さんは、私のコップにビールをつぎながら、

「今日のは、かあちゃん番組だからな。明日と明後日はちがうぞ」と言われた。

今日はバスに乗って富士吉田へ下り、イトーヨーカ堂で千九百五十円の散歩靴を買ったのだそうだ。

「いいパジャマが欲しいなあ。この間医者の病気見舞に行ったら、このへんに（と、胸を掌で撫で）刺繡のある金モールみたいな縁のついたパジャマを着ていたぞ。医者は金持だねえ」

「大岡さんも白いところに黒の点々のある、いいのを着ておられるじゃありませんか」

「あれはよくない」

「武田は着るもの新しくするの面倒臭がる人でしたけど、あの年ばかりはへんでした。山から帰って夏の終わりに洋服三着いっぺんに誂《あつら》えました。そうしたら仮縫も出来ないうちに死んじゃった」

「パジャマなら大丈夫だな」

「はい。洋服も二着までなら大丈夫だと思います」

ある日。

眼がさめると蟬が鳴いていた。お盆休みで大工も木樵《きこ》りも山へ上ってこない。今日は敗戦記念日。

夜七時半、大岡家へ。玄関の軒灯に緑白色の肥った蛾がしがみついて、ときどき粉を散らして羽ばたいていた。大岡さんは野球のテレビを見ておられた。

「今日、夕方の再放送みたら、おれ、かあちゃんのことというところで泣かせてたな。昨日のは泣かせ場がちゃんとあったが、今日のはないよ。……あ、ひとところあるな」

――戦地で土壇場になったとき、皆、魂が剝きだしになって、かあちゃんにも言わなかった色んなことを告白した。自分に盗癖があったことをいう戦友がいた。おれは父親がねえやに手をつけて生ませた子だと打明けたヤツがいた。戦後ミンドロ島を訪ねて行ったら、米兵の掘ったタコツボも、日本兵の掘ったタコツボも、そのまま残っていた――。

テレビの中の大岡さんはそう語り、続けて「……大砲も」と言って絶句し、眼鏡の奥の眼にみるみる涙がたまった。すると私と向い合ってテレビを見ていた大岡さんの眼にも涙が溢れた。今日の聞き手は中野孝次さん。終わったとき、昨夜と同じく私はひとり拍手した。

「あれ、俺もっと言ったと思ったのに。ちょっとあすこの会話おかしいな。言い足りなかったな。明日の方にまわしてあるのかな。玄人が見れば難があるぞ」私にはどこの会話か見当がつかなかった。年長と年若の小説家同士が真剣に話し合ってる、――いいなあと思って見ていた。

今夜もすぐ電話がかかってきた。シンドウさんという戦友の未亡人からだった。『おーい。イトウ、シンドウ……』と戦友の名前をよぶ大岡さんの詩が今日の第二部の中で朗読された。その中でよばれている人の奥さんからだった。息子が戦死した父親より年長の四十六歳になっている、とその人は電話で言った。シンドウさんの電話が終わると、もう一人、戦友からかかってきた。昨日もかけてきた人だった。昨日は会社からとんで帰ってテレビを見たので自宅から電話をかけてきたのだが、今日はまだ会社に残っていたので会社でテレビを見て、そこからいま電話をしていると言った。

富士吉田に住むKさんという人に、今度は大岡さんの方が電話をかける。

Kさんもレイテに兵隊で行った人である。「見ております。見ております」

Kさんは電話口でそう答えたらしい。大岡さんは電話をきってから、

「ただ、それだけくり返して叫んでるだけで、あと何も言わないし、向うから電話をかけてこないのは、あいつ怒ってんじゃないかなあ。この前、Oだけよんで、あいつよんでやらなかったからな」と気にしだした。そして、

「よし」と突然、十七日にKさんと私を吉田の町の外れにある料理屋で奢るという計画を思いつかれる。

「山の方から水をひいて鯉を泳がせている鯉料理屋があるんだ。鯉料理ですよ」私が御馳走にあずかる資格や理由は全く見当らないのだけれど、「はい。何だって私は頂きます」と喜んだ。


　昨夜は夜なかに眼がさめて、とても寒かったのでびっくりした、と奥様が言われた。お盆あけの十六日には、いっせいに東京へ戻る車で道が混むので、一日早くくり上げて今日東京へ帰ってしまうのだ。昨夜は墨を流したような高原一帯のあちこちに、四角い灯籠を置いたように灯がつき、花火の音や笑い声が響いていたが、今日は隣りの家の灯りもない。

水蜜桃一箱下さった。「明日は孫と遊ぶとこだ」

帰ってきて水蜜桃を二つ洗って食べて寝た。

　ある日。

　西陽が次第に沈みかかり、手持無沙汰な気持で食堂の椅子に腰かけていた私の顔へ、松の間から矢のように、まっしぐらに射してくる。すると、いっせいに、ひぐらしが鳴きだした。西方の山は切紙細工のように真黒い。立ち上って雨戸を閉めてから御飯を食べた。懐中電灯を持って大岡家へ。

「こんばんは。今日もきました」

「ああ、もう俺は飽きたぞ。三日目は見たくねえなあ。二日目までで沢山だ」

　第三部も聞き手は中野孝次さん。戦地で歩哨に立つと、あたりはフィリッピンの大夕焼。そのとき大岡さんは中原中也の詩に勝手に節をつけて呟くごとく歌っていたのだそうだ。大岡さんが作曲した中也の詩を、男の歌手が歌った。「丘々は胸に手をあてしりぞけり……」

大岡さんが、アキコさんとハジメさんとアカネさん三人の孫と遊ぶ。三人の子供も大岡さんも羞ずかしそうで、うまくいかない。一番年上のアキコさんが小さい二人を率いて一所懸命気を配って頑張る。アキコさんはセリフも言う。エレクトーンを「おじいちゃんも弾いて」と促す。「おじいちゃんはダメ」と大岡さんが言う。二人とも羞ずかしいのでぎごちない。そこが、とてもよかった。アキコさんの飼っている犬もとびまわった。

終わりは、庭で遊ぶ三人の子供たちの姿と反核をぽつぽつと語る大岡さんの声。

終わりそうになった頃、電話がかかってきた。アキコさんからだった。いま一人で留守番して、おじいちゃんのテレビを見ていた。そしたら淋しい気持に急になったので、電話をかけたくなったのだそうだ。

今日も私はひとり拍手をした。

「終わりはこういう終わり方をすると思ってたよ。ＮＨＫ的だなあ」大岡さんが言われた。

「今日は声が嗄れていて言ってることがよく分らないところがあったわね。

何度も撮りにきたから、きっと疲れてたのね」奥様が言われた。ハニヤさんが、見たぞ、と電話をかけてきた。

テレビを見た戦友の未亡人が、とても顔色がよくてお元気そうですねえ、と電話で言ったが、そうだろうか本当だろうか、大岡さんは真顔になって低めの声でそう訊かれた。よく顔を見直して、「去年の夏よりいいと思います」そう答えると、

「そうかねえ……そりゃそうだろう。こんなに食物制限してるんだもの。これで顔色がよくなきゃバカバカしいや。……顔色がいいってほめられたってなあ……あああ、もう何の楽しみもなくなったから今年は今年一杯堺事件の仕事するか」と言われた。

帰りがけ、南の方に台風十号がきているとテレビの天気予報がいっていた。

「これが通ったあとは涼しくなるぞ」玄関のドアを閉めかけたとき、奥様へ話しかけられる大きな声が聞えた。

今日の昼間は青黒いほど晴れた空だった。その空が、そのまんまの大快晴の夜空。五合目から頂上にかけて富士山の山小屋の灯りが全部見える。その

間にちらちらと動く登山者の灯りも、つながって火の縄となって見える。今年のお盆は終わった。

ある日。

昨日も今日もうろうろした気持。そのうろうろした気持を押し殺して、半日坐りこんで、うつむいて裁縫に精出していると、お風呂を沸しすぎているような、煮ものをガス台にかけ放しにしているような音、というより気配がするので、はっとして立ち上って見に行くと、どこにも火など使っていないのだった。

気がつかなかった、いつのまにか窓の外は雨で、風も吹いているらしく、家と家の間にこんもりと見え隠れする大きな木という木が、しなをつくって見悶えして揺れていた。向いの外国人の家のニワトリが、こけこっこうこけこっこうと鳴く。この家のニワトリは風がつよく吹くと鳴くクセがあって、風が吹けば深夜でも鳴く。

以前住んでいた赤坂のアパートは神社の裏手の崖下にあった。夫の仕事部屋は神主さんのニワトリ小屋と、木立をへだてて崖下と崖上で向い合っていた。明るいうちは眠っていて人が寝静まってから仕事をする夫が、真夜中に起き出して電灯をつける。部屋が四角く明るくなる。とたんに暁とまちがえてか、崖上のニワトリがこけこっこうと高らかにトキを作り、墨を流したような闇にひとしきり声をとどろかせるのがきまりだった。

「悪事を見とがめられているようで具合がわるい。原稿用紙に字を埋めて一枚一枚小説を書くのは、ニセ札を一枚一枚作っているのに似てるからな」そう言ってグフグフと夫は笑った。

夕方になって近所に買出しに行った。交番の前を通ると出入口に錠がおり、パトロール中の札が出ていた。おまわりさんの姿が見えなかったから、犯人手配書のビラを硝子戸越しにくわしく見た。S女のビラも貼ってあった。

――S女は東京で人一人殺し北関東に高とび、すぐさまスナックにつとめ、二日働いたのち休みをとって上京、整形美容で美人になり、名前も変えてから、再び舞戻って、別のスナックで働いていたが、地元の餅菓子屋に好かれて同棲、餅菓子屋で働くようになった。S女がくるようになってからはモダンな洋菓子も置き、客も増え、みるみる商売繁盛し、店も大きくなった。S女にぞっこんの餅菓子屋は正式に結婚しようと何度も言い、餅菓子屋の親戚一同も、福をもたらす女だ、と結婚に賛成であったが、Ｓ女はとり合わなかった。警察の手がまわったとき、Ｓ女はＰＴＡからの大口注文の菓子を会場へ届けて宴会の準備をする仕事をしていたが、す早く感づいて誰かに二万円借り、店の金品には手をつけず何もかも残して逐電した。——

　整形前整形後の二葉の写真をうつして、この事件が報道されたのは、一年ぐらい前だった。Ｓ女はまだつかまっていないらしい。どんな風に暮しているのだろう。別の男の菓子屋を繁盛させているかもしれない。「頑張って下さい」硝子戸越しに声をかけて帰ってきた。

　ある日。

　Ａ・Ｂ・Ｃ・Ｄの雲が日本列島をとり囲んでいて、そのＡ・Ｂ・Ｃ・Ｄのどの雲も日本列島へ向って進んできている、この分でいくと明日、御大喪の日はもしかすると朝は雪、その後は雨、というのが二、三日前の天気予報であった。

　御大喪にあたり、昭和天皇の御製四首が今朝の新聞に発表された。

『秋なかば国のつとめを東宮にゆづりてからだやすめけるかな』

『国民《くにたみ》に外国人《とつくにびと》も加はりて見舞をよせてくれたるうれし』
『くすしらの進みしわざにわれの身はおちつきにけりいたつきをおもふ』
『去年《こぞ》のやまひに伏したるときもこのたびも看護婦らよくわれをみとりぬ』
うまいのだか下手なのだか、わからない。しかし、堂々としている。

雨。一日ずっと寒い。こたつに入ってテレビの御大喪番組を観ていた。くたびれるから、わるいけれど、ときどきねころんだ。参列の各国元首が現われると急いで起き上ってよくみた。アフリカの砂漠の果ての小さな国からやってきた人も、ヒマラヤの谷間や海の離れ島からやってきた人も、どの国の人も我が国の首相より立派だった。どこがちがうか。眼である。

神主さんたちが奥の方で四角い包（あの中には何が入っているのだろう。表が海老茶に白の唐草模様、裏が無地の浅葱色の布に包んである）を三個ほど、あっちへやったり、こっちへとったりし、拝んだのち、またやったりとったり二度するのが見えただけだった。

崩御後、宮中ですぐにとり行なわれた剣璽等承継儀（皇位のしるしである剣璽《けんじ》を皇太子がひきつがれる）という儀式もテレビでうつされたので、どういう風なことをするのだろうか、クサナギの剣とヤサカニの勾玉とは一体どんなものなのだろうか、と観ていたら、箱のようなものを捧げ持った燕尾服（？）の人が右手から現われて皇太子の前の台にその箱のようなものを置き、一礼したのち箱の向きを逆に変え、再び捧げ持って左手へ退場しただけの簡単な儀式だったので、ぽかんとしてしまったが、今日のお葬式も地味なのでぽかんとした。去年の夏みたアフリカ映画は王位継承者が流浪して色んな目に遭う昔物語だった。王位のしるしは、重たい丸太ん棒だった。丸太ん棒を抱えた男がやってくると村は大騒ぎになるのだった。

追記。後日、物識りの友人の話によると、このようであった。ヤサカニのマガタマというのはトナカイの角か何かではないか、といわれてます。しかし、その説を唱えている人も、実さいにその箱をあけてみたわけではないのです。箱を触ったことがある人の、カタカタと中で音がした、といった言葉から、カタカタならトナカイの角か何かかなと推測したのです。

ある日。

晩御飯が終わるころ、いびつな大きな赤い月がひっかかったように出ていた。気がざわざわして、月について何か言わなくちゃ、と思って急いで言った。

「いままでに観た映画の中の月でいいなあと思ったのは？　あたしは『魅せられたる三夜』だ」この間、三原橋の地下映画館（元ポルノ映画館、手を入れて少しきれいになって今は普通もの映画館）で観たベルギー映画『魅せられたる三夜』は、或る男の十二歳（少年）と十九歳（高校生）と三十三歳（アル中の浮浪者となっている）のときに起る滑稽で哀切きわまりない恋物語。お客は五人ぐらいしか入っていなかったけれど観た人は皆感動して帰っただろう。はじめと終わりに満月が出る。

「……そうだなあ。わたしは『悪魔のいけにえ』かな」とHは言った。私は月について、あともう少ししゃべりたい気が残っていたから、

「月はヒトの体と関係があるらしいよ、出産とか臨終とかのほかにもね。満月を中日《なかび》にして前二日、後二日、合計五日続けて晴れわたった月の晩に、一糸まとわず胡座《あぐら》をかいて月光を浴びると不感症がたちどころに癒るそうです。しかし五日続きの晴れわたった月夜にめぐり合うことは滅多にないし、それに心おきなく素っ裸で胡座をかける環境がなくてはね、なかなか難しい。あたしが考えるにはですね、恐らく、眼耳鼻口お尻にある全部で十の穴と足の裏の土踏まずから月光のエキスを吸い込む感じでは

ないかしらん」と言うと、

「ふうん。何だか、それ、効きそう」とHは言った。

　ある日。

　大相撲千秋楽をテレビで観る。お相撲界については、まったくといっていいくらい無知だけれど（勝った負けたはわかる）、表彰式が好きなのである。

　お相撲通の人たちは混雑を避けて表彰式など見ないで立ち上り、それぞれ風呂敷包や紙袋をぶら下げて、ノビなどしながらぞろぞろと帰りの態勢に入る。その埃とざわめきの中で紋付きや背広の男たちが土俵に上って優勝力士に表彰状、旗、カップ、大盃、そのほかいろいろを手渡す。賞品と贈主の名前が読み上げられ、現物あるいは目録が手渡されるのだが、「やっぱり勝ち抜いてきた××は……」「それにしても立合い右の入り方は見事でした」「はい。なかなか」と、元力士の解説者とアナウンサーが声ふりしぼり、いつまでも感想の述べ合いをやめてくれないので、贈呈目録を読み上げる声がききとれず、やきもきした。

○金色の大きな鷲だか鷹だかの置物を貰った。

○梅干。優勝カップをかたどった巨大容器（大人の男が一人うずくまって入れるぐらいの大きさで、金色の蓋がついている）に梅干がぎっしり詰めてある。どこかの県の農協からの賞品であった。

○米三十俵と丸餅。これもどこかの農協からの賞品。

○大分県は巨大籠に詰めた乾椎茸。

○北海道は牛乳とチーズそのほか乳製品をトラック一台分、及び牛の置物。

○メキシコの国からは盾と絨毯。

○チェコスロバキアからはガラスの壺。

○アラブからはガソリン一年分。などなど。以上ききとれた分だけ、書きとめておく。

みんな、お相撲さんが好きなのね。ことに日本列島各地の農協からの賞品目録が読み上げられ手渡されるさいには、ああわたしらは農耕民族なんだなあと気がつく。気がついてしみじみとする。

十年ほど前、蔵前の夏場所に行ったことがある。色川武大さんの招待で、枡席に坐るのは色川さんと村松友視さんと私とH。お相撲のなまものを見るのは生れてはじめてなのである。這ったって行くぞ、と私たちは喜んだ。

　家を出るとき降っていた雨は、国技館の前についたとき、糠雨になっていた。お茶屋の男衆さんのうしろを心細く（このような伝統ある場所にくると私は心細い）随いて行く。男衆さんに心付けを渡すものだときいているが、いつ渡したらいいのかわからない。またその額は千円なのか三千円ぐらいなのか、わからない。で、一枚一枚四ツ折りに畳んだ千円札を三枚、ポケットの中で握りしめている。薄暗いごたごたした通路から、ぱっと明るく広がった大浴場みたいな館内に入ると、遠くからでも色川さんと村松さんはすぐわかった。アラブの石油王がおしのびで見物にきたつもりが、もうすっかり散らかり放題散らかって、だらだらになってしまったといった風体で色川さんは坐っていた。座布団四枚並べた前の二枚に私とH、うしろの二枚に色川さんと村松さん。

「先ずはじめにビール二本、日本酒二本、おつまみつくろって」色川さんが悠然として男衆さんに頼む。男衆さんはすぐさま大きな籠に、ゆでそらまめ四箱、やきとり四箱、品川巻四袋、餅菓子四箱、二重弁当四箱（二重弁当の中身は、大きな鮭の切身、卵焼、かまぼこ、ごぼう、ふき、麩、椎茸、里芋、胡麻のかかった白い御飯のまん中に梅干）を積み重ねて運んでくる。

うしろの枡席は社用接待でやってきたらしい会社員風の中年男四人、隣りの枡席はおばさん四人連れ、もうお酒が入って顔が紅らんできている。

ビールを飲み、そらまめを食べ、ビールを飲み、やきとりを頬張る。そうして、飲みさしのコップをこぼさないように左脇に置いておいて、品川巻の袋を破る。日本酒を飲み、卵焼を食べ、日本酒を飲む。飲みさしの日本酒のコップも左脇に置いておいて、御飯を一口、口中に頬張る。色川さんはうしろから手をなるたけ見せないように引っこめ加減にして、飲みさしのコップにビール又は酒を注いで下さるので、蛇口があってそこからすーすーと自然に酒類が私のコップに流れ入ってきている風な按配だった。また三本、また二本、と酒類は追加注文された。男衆さんが運んでくるたびに私はポケットのお札を握りしめて渡すきっかけをうかがっていたけれど、そのうちに気がひきしまらなくなって忘れてしまった。大天井まではりつかんばかり詰まったお相撲さん以外の男女、誰も彼もが酔払って、ぐわーんとうす桃色の湯気を立ち昇らせているかのように見えてきた。そのまん中の、案外と小さく見える土俵で、お相撲さんが取っ組み合ってはもろともに倒れたり、取っ組み合っては片方が転がったりしていた。どっちが誰やら分らなかった。たいていのお相撲さんは息ばると背中やお尻にみるみる赤味がさしてきたが、目立って一人だけ蒼白になるお相撲さんがいた。あの関取は歌がうまいんだよ、と隣りの枡席のおばさんが言っていた。花道のそばだったから、往復するお相撲さんの息の音まで聞えた。強い盛りのお相撲さんの背中はすべすべとして湿り気と粘り気があり、切り取ってカバンにして持ち歩きたいくらいであった。

「眼《め》ぇなんかパシパシあけちゃってさ、カワイイね」隣りのおばさんたちははしゃいだ。お相撲さんが通って行くとき、何か、すーっといい匂いがした。びんつけ油の匂いや体臭とは別の——。それは気のせいかもしれない。強い男が通って行くのを眺めている気持のよさかもしれない。さしつさされつ、休みなしにお酒を飲み続けているうしろの枡席の男たち四人は顔も眼も真赤にうるませて、

「ああ、お相撲さんとおつき合いしたいなあ。だけど金がかかるからなあ」などと鼻にかかった嘆声を発していた。

　ひいきのお相撲さん（私の知らない名前）が負けると、色川さんはふっといなくなり（会いにいったのだと思う）、ふらりとまた戻ってきた。立居振舞い歩き方が自由

自在、国技館の主みたいだった。横綱や大関の取組のときは眠っていたらしい。

帰りがけ、お茶屋で一人一つずつお土産袋を貰った。あん蜜二個入り一箱、お煎餅一箱、ぬれ甘納豆、やきとり一箱、お相撲のれんが入っていた。もう大へんに嬉しかった。今日の記念にと、Hは三百円のプログラムをお茶屋で買った。

雨が上った国技館の前は混雑して車がなかなか拾えなかった。少し離れたところに立って車をとめようとしていた色川さんは大切な用件を思い出したかのように突然こっちに向き直ると、くたくた歩いてきて、

「あん蜜は食べない方がいいかもしれない。この陽気だから」と言い、また車をとめにくたくたと歩いて行った。

銀座へ向う車の中で、色川さんは出来るだけがかいを縮めようとして両手をふくらんだ鳩尾の上で組み合せ、がっくり首を垂れて眠っていた。眼がさめると、

「ついこないだ引越したばかりなのに、もう引越したくなった……」「あ、スリッパ買うの忘れてた……」そんなことを言って、また眠ってしまうのだった。

ある日。

晴れ。朝、六時。踏切りで新宿発小田原方面行きの普通電車が通る。一箱に男女二人もしくは男一人ぐらいずつしか乗っていない。新宿で飲みあかした、ぐったりとした人たちだ。線路沿いのコールタールを塗った黒いトタン張りの家の小窓があいて朝日が射しこんでいる。窓下のトタンに貼りつけてある『宿便の御相談承ります』の看板。バラも咲いている。温もってきたコールタールの匂い。踏切りの思い出って、いくつかあるんだ。小田急電車の思い出も、いくつかあるんだ。箱根まで遠出するつもりが、途中下車してヘンな温泉に一泊したりして。昔は元気よかった――。もっと、そのほかにも思い出しそうだったが、踏切りが上ったら忘れてしまった。

代々木公園西門入口の雛段状の石段に揃いの運動着の若い男二十五、六人がジャージイズボンの股をひろげて腰を下ろし、朝日を浴び、いっせいにお椀をすすっていた。通りぬけるとき、横眼で中身を覗いたが、丁度食べ終わったところでわからなかった。お椀に筋が残っていたから、お汁粉か何かだろう。お箸の使い方もそのようだった。公園の西側の林に幾本かあるニセアカシヤの大樹は風がないのに花吹雪。道にはりついた白い花びら。水溜り一面に浮いた蕊《しべ》。

暗緑色の葉で掩われたいぬぶな科の木立は、今年生えひろがった黄緑色の若葉の部分を、ねっとりと炎えたたせ、古葉と若葉の間におびただしくひそむ淡緑色の粒状の花から、えがらっぽい独特の匂いを吐きちらしている。その匂いを深く吸うと、先ず眉間をうって、耳のうしろをまわり、鎖骨に沁みてから、四肢の内側をくすぐったく流れて、最後に胃がどきどきする。

今日は湿気の多い東側の林にカラスの羽が随分落ちていた。斑《まだら》に苔をつけて浮き出た大木の根元に。朽葉の上に。二本拾った。カラスが交尾していた。片方がア、片方がグ。ア、グ、ア、グ、と鳴きかわして、片方（アの方）が羽を逆だてて体をふくらまし、おじぎをするような動作を何遍もくり返しながら、グの方を追いつめて行く。

周遊道路を走っては歩き、走っては歩き、二回りも三回りもしている年配の男女。

男は一人か二人ずつ、女は五、六人ずつかたまって回り続けている。そのおばさん及びおばあさんたちは、走るときも歩くときも、声高な世間話をやめない。

「そればっかりが言いたくて」

「白髪かくすの。ちっとも派手なことないよ」

「あれだけの役職についてる人なんだから、も少し寛大の気持を持たなきゃ」

「椎茸とかごぼうとかはダメなんだよね。親がキライだったからね」

「わかるかしら、このわたしの気持」

「ああら、勘違いするわけないわよ」

「カイヨ（潰瘍のことらしい）はなおったの？」

「役者してんだよッ。芝居芝居。はじめっから芝居だってこたあ承知承知」

「安いでしょ、千二百円。かわいいでしょ。カバンも買った」

「この年になって、ようやっと分ったわ」


テレビ番組について、海外旅行について、孫について、漬物について、苦労と道徳について、ガン、糖尿病について、写経について——。どのように盛んな会話でも、あるとき、ふっと途切れてしまうものだと思うのだが、そして、その、ふっとした数秒のことを『天使が通り過ぎた』というのだそうだが、人生の荒波をくぐり抜けてきたおばさん及びおばあさんたちの会話には、天使も悪魔も通り過ぎる隙間がない。おばさんたちが一服する。袋から夏みかんや手造り飴を出して、やったりとったりする。一様に眼を据え『摂取している』という感じで味わい終えると（その間にも、アパート経営でヒトにだまされた話や入歯の話などをしているが）、立ち上ってもう一度回りはじめる。

寸法の合わない真新しい運動着に、おろしたてらしい運動靴をはいた老人が、よたよたと全速力をあげて歩いてくる。真黄色な上衣とズボン。息子に買ってもらって着せられてしまって、朝早く家を出かけてきて必死に体を鍛えているのだ。弱ってしまうと、どこにも一緒に連れて行ってもらえなくなる。弱ってしまうと、孫たちに汚ながられてしまう。

いつもはヒマラヤ杉の下に毛布をひろげ、枕元に世帯道具を入れた紙袋や布袋を七個ぐらい置いて寝ころんでいる大男が、今日は水飲み場で一升瓶を洗って水を詰めながら歌を歌っている。天地真理のテニスコートの歌ではないもう一つの方の歌。この人、いつも天地真理の歌ばかり歌っている。……ということは、この人はその歌が流行っていた頃までは茶の間でテレビを見る生活をしていたのだ。そのあと、心任せにしていたら、このような暮しになったので、それからの流行歌はあまり知らないのだ。

葉桜になった染井吉野の木の下のテーブル付きのベンチで、ヒゲを生やした長髪の芸術家風（詩人風）の男が、文庫本をひろげ、クリームパンを食べている。芸術関係者と浮浪者は、ヒゲや髪型が同じようなため、なかなか見わけがつかないが、少しちがう。

○芸術家風の人は荷物をほとんど持っていない。

△浮浪者は荷物が多い。これ以上は入らぬ位ぱんぱんに世帯道具を詰めて俵型になった買物用紙袋を三個以上は持っている。紙袋のほかに布製の提げカバンとビニール製肩掛カバン、トランジスタラジオ、空《から》の一升瓶など。そして傘を横にして、荷物の一つにくくりつけている。たいてい女物の傘。

○芸術家風の人は、何かしらをイヤだなあと思っているらしく、うつむき加減に芝生を歩いて行く。

△浮浪者はゴミ箱めざして芝生を横切り、箱から食べものや帽子、シャツなどとり出してみて調べ、気に入らないと投げ戻し、次のゴミ箱を覗きに、芝生をせっせと横切って行く。

○芸術家風の人の身仕度は、どことなくまとまっていて、その人の好みがうかがえるように思う。

△浮浪者は、帽子から履物にいたるまで、すべて拾い集めたり貰ったりしたもので身なりをかためているので、溌剌とした部分と、そうでない部分がある。チグハグなのである。また、こないだまで地味だった老人が、真赤なズボンに桃色のジャンパー

を着込んでいたりする。

高くなってきた太陽が木立の影を縮め、園内の芝生という芝生にくまなく照りわたり、いちめんの朝露が乾き上ってくると、浮浪者の姿も数を増し、茂みの向うから政治座談会などやっている元気な大声が聞えてくる。黄色の野球帽がちらちら見える。まだ馴れない新人（紙袋や肩掛カバンなど、持物は同じだが、色白、ヒゲが濃い、手が綺麗、肩の辺りが少し恥ずかしそう）や、うまくしゃべれないタチの人は、一人一人、離れ離れに場所をとってねころんでいる。

女事務員風の痩せた若い女が、スカートをふわふわさせて築山の斜面を降りてくる。まっしぐらに私の前まできておじぎをした。縁なしめがねをかけている。

「あのー。血を綺麗にして差し上げたいと思いますが」と合掌して言う。

「汚なくてもかまわないのです」と辞退しても、「血を綺麗にして差し上げたいと――」とくり返しながら、西門を出るまでついてくる。

午後、バスで中野に行き、『ザ・フライ』を観た。客は十人ぐらい。もう始まっていた。画面の右の方にタテに一本、緑色のちかちかする筋が終わるまで入っていた。

実験中、誤って蠅になってしまう男は、まだならない学者のうちから、いかにも蠅になりそうな顔だちなので、すっかり感心した。そういう顔だちの役者を選んだ監督がえらい。蠅と合体してからは全身に力が漲り、体調がよくなってくる。砂糖を何杯も何杯も溢れんばかりコーヒーに入れるようになる。おしゃべりになってくる。そのうちに身が軽くなり、やたらと、あっちこっちにぶら下ってみたり、逆立ちしてみたりする。眼の動かし方、口の動かし方、さまざまの仕草が絶妙で、哀れを誘う。だんだん体が変ってくる。しまいに剝げ落ちてくる。人間であったときの遺品として、男は剝落したものを洗面所の戸棚の中に大切に陳列しておく。耳、性器、爪、その他。

学者の研究室や建物のまわりの景色など、薄暗いガランとした雰囲気がいい。ただし、男女関係が出てくるとよくない。最後に蠅男は死に、恋人の女は残る。これもよくない。皆、死ねばよかったのに。

ある日。

ずっと前に、「見る眼がある」古本屋さんとして有名な店へ本を持って行ったら、「これは帯が破けているからダメ。これは本当はいい値なのだが惜しいねえ。カバーがとれてるからダメ（このカバーは箱付きの本にかけてある半透明の薄紙のこと。あれはなんという名前の紙なのか、――わたしらは、口にあてて吹くとブーブー鳴るので、ブーブー紙《がみ》と子供の時分からよんでいるが）」と結局途方もなく安い値をつけられた上、「戦後四十年こんなに長く平和が続いた時代は、それまでの日本にはなかった。空襲で本が焼けたりしなくなったから本が余ってるの」などと説ききかされて寒々とした心持になって帰ってきた。以来、古本屋から遠ざかっていたが、思いたって地下鉄に乗って本を売りに行く。今度は、「見る眼がなさそうな」古本屋さんを探して入った。左から右へと移し重ねて本を調べ終えた主人は顔をあげて、

「お宅、もっといい本あるんじゃなあい？　明治時代かなんかの」と言う。

「この×××と〇〇〇はひと頃は値がよかったけど、今は落ちめ。本を出し過ぎたからね。……ま、お手許に置かれた方が……」と、たたんだ風呂敷を本の上にのせた。

そして私がひと言も言わないうちに、

「昨日は女房にせがまれて不忍池のサツキ祭りに行ったら、カメラぶら下げたじいさんばかりで、つまらなかったねえ。あたし、ちょっとそこのコーヒー屋に人待たせてあるから」と、急に立ち上って出て行ってしまった。立ち上ると私より背の低い人で

あった。往きも帰りも重たい本の包を提げていたため、風呂敷の結び目がくい込んで、掌が梅干をつぶしたような具合になった。

夜、六時半からS氏の仕事の打ちあげ会。安土桃山風の豪華な料理屋で、便所にさえ畳が敷いてあった。刺身、天ぷら、そのほか日本料理いろいろを食べ、ビールを沢山飲んで面白かった。奥さんが重病で死ぬかもしれないというのに来てしまったKさんは、お酒をちょっと飲んだだけでアレヨアレヨという間に酔払ってしまい、手の先から電波が出るなどといって、あの人この人の背中をさすったりし、そのうちにいなくなったと思ったら便所に寝ていた。二次会も新宿で、みんな楽しそうだった。あんまり楽しいと何か失くす。S氏は眼鏡を失くし、Nさんは一万円札を三枚失くしたそうだ。私は何も失くさなかったが、二軒目の店を出たあと、どのようにして帰ってきたのか――。気がついたらわが家の中に佇っていたので、急いで寝た。

翌る朝、朦朧状態の脳の底から、多分隣りに坐っていた人だろう、知らない誰かの声だけが泡玉になって浮き上ってくる。（あなた、山賊のようにお笑いになられますですね。）私は山賊のように笑っていたらしい。鼠色の気持になる。

ある日。

一日、晴れわたっていた日の夕方。

カレー屋のT。満席満員である。今年も夏がやってきた。

写真代が入ったから「母の日」をするというHの奢り。

カレーを食べたい気持になるとき。

○カラリと晴れた日。雨の日などはならない。

○体力のある日。（そうはいっても、こんにゃくを食べたくなるほどの体力まではない日）

○強気の日。

○反省していない日。

○気分のいい日。

○気分のふさぐ日にも。（ふさいでもお腹は空く。これを食べて元気を出しましょうと食べる。ふさいでいる日には、悪酔するからお酒類は飲まない。このての食べものは、カレーのほかにもう一つある。鰻重）

挽き肉と茄子のカレーの一皿。

馬鈴薯とカリフラワーのカレー、豆カレー、玉ねぎ卵カレーなど数種類の野菜カレーとサフラン御飯の大皿セット。――あっちをまぶして二口、こっちをまぶしてみて一口。

とり腿肉とナンの一皿。――庖丁を入れた切れ目のひだひだが、屋台のいか姿焼のようにふくれ上り反り返っている炙《あぶ》り腿肉、ぐじゃぐじゃしていないで、しかも香ばしい汁をたっぷり含んだ朱色の炙り肉を指でむしって一口。投げ出したように無造作に、大皿から半分もはみ出てのっている油の甘い匂いのする少し焦げたナンは、焼きたてでまだ煙が上っている。鞄みたいに平たく大きな、この印度パンが好きだ。ふわふわした西洋白パンは、空気も一緒に相当量のみ込む感じだが、ナンはそのものだけを、ごっくりとのみ下す。いかにも穀物を頂いている感じだ。

カレーが食べられなくなったときは、もうおしまいだ、きっと。ここのところ暫らく、食物や水をのみ下すさいに、喉がごっくんと鳴って通りがわるく、やたらと咳ばらいばかりする、だるい、眠い、すぐにげえげえと吐きそう、――もうじき死ぬのかなと密かに心細く思っていたのだけれど、昨日の朝ごはんのときから、突然、元通りの私に戻ったのだ。

「――ちゃん。誕生日おめでとう」壁ぎわの円卓で、家族らしい六人が立ち上り、老人が音頭をとって乾杯していた。――ちゃんは背広の二十二、三の青年。

じゃりじゃりしたところと、ねっとりしたところが混じり合ったマンゴのアイスクリームを舐め、緑色の分厚いコップの生ぬるい水をのみ干して、終わり。

山王通りを乃木坂へ向って歩いて行く。香辛料はヒトの体のどこか何かにいいのだ。のんきな眠たい気分。日光を十分体内にとり入れた象あざらしが、風に吹かれている気分。

乃木神社の石垣に腰を下ろすと、ひんやりした。どくだみと苔の匂いがする。水の流れる音が境内の公衆便所のあたりから聞えてくる。

出前の帰りらしい白い上衣の若い板前さんが二人、お互い自転車にまたがったまま、石垣に寄りかかっている。

「イラコザキ（伊良湖崎？）の方へ行ってみたいなあ」眼の吊り上った少し年上の方が鎖骨の辺りをしきりとこすりながら話している。そっちの方へ一度行ったことがあるらしい。

「ミナモトヨシトモ（源義朝？）って武士が殺された場所だとかで記念碑がある。ヨシトモが殺される前に、槍だか棒だかを何本も沢山そのお宮に奉納したとかで、それが見られる。棒だけど武器に使ったんだろうなあ。その槍だか棒だかが何本も沢山ある。たーくさん。たーくさんあるのが面白いぞ」

思いがけない方角に月が出ていた。坂の上の陸橋のあたりで、スリップする音が響き、オートバイらしいものが何かにぶつかったようだった。大丈夫か、大丈夫か、と男の声が二度した。

「やっぱり日本の月は、日本画の月だね」と、Hが言う。

「印度の月は？」

「印度の月は、ドカンとまん丸の大きな月が真黒な空にある。その下の砂漠の一本道を夜行バスに乗って行くと、あ、月、あ、月。いつ見ても月だけドカンとある景色。わたしは感動したけど、印度人は何とも感じないらしいね」

「印度の男は？」

「男ばかりで昼間っからお茶屋に屯《たむろ》していて、マンゴと苺の絞り汁を、チュッチュッチュッチュと吸っていた。そうやって一日中、ぶらぶらぶらぶらしていた」

「女は？」

「女は女ばかりで家の中の仕事をしながら、ひそひそ話したり、ふざけ合ったり、笑ったりしていた」

「未亡人は？」

「またすぐ結婚する。そういう人が甲斐性のある女としてほめられているらしい。そうそう、こないだ新聞だったか週刊誌だったかに小さく出てましたよ。女房もあとを追って死ぬべきだといって、寄ってたかって未亡人を火にくべたとか。――古いしきたりがいまだに残ってる地方の金持族の出来事らしいですよ」

ある日。

暮れ方、Ｈとスーパーマーケットに行き、買物を五千円ほどして紙袋を一つずつ提げて店を出てきた。片方の紙袋にばかり重いものが詰めてあるので、等分に分け持とうと、中華料理屋の前の路上にしゃがみ、大根だのキャベツだの缶詰だのを移し替えた。土曜日の午後、都心の歩道は人があまり歩いていなかった。私は預かっていたＨの財布を足元の地べたに置き、両手を使って入れ替え作業に没頭した。それから公園を通り抜け、ホテルの隣りの『氷』の旗を出している喫茶店で、氷宇治金時クリームとかいう名前の氷をのんだ。ただの氷水《すい》がのみたかったが、うちのは、どれもアイスクリームをのせてあり、とるわけにはいかない、といわれたので、仕方なかった。髪の長い娘と中年男がコーヒーをのみ、テレビの仕事で昨日は狭山湖へ行った、明後日からバリ島へ行くと話していた。氷宇治金時クリーム二つ千百円。ようやく溶けはじめたところを自由にかきまぜれば、クリームと小豆あんと抹茶が混合して大理石縞の奇妙な色合となり、精出して口に入れても入れても、なかなか減らない。却って増えていくようにさえ思われた。底に沈んだ栗は硬かったので、少し残した。

「アマゾンの半魚人食べるとこんな味かな」そんなことをいいながら私は立ち上った。Hも笑った顔をして立ち上ったが、一瞬、顔つきがこわばり、

「あたしの財布がない!!」と叫んだ。それから二人とも騒然とした気持になって喫茶店を出、歩いてきた道を探し探しスーパーマーケットまでひき返して行った。Hは全く口をきかなかった。その、ものものしい急ぎ足のうしろを、ゴミ入れやポリ容器の蓋などとって覗いてみたりしながら、おろおろと私は随いて行った。自分がひどく年をとってしまった人のように思われた。(入れ替えたとき、地べたにしゃがんだ。左手に預かり持っていた財布を足元に置いた。入れ替え終わって立ち上った。財布を地

べたに置いたまま。）……そうにちがいなかった。

よちよち歩きの頃から、Hは床や地べたに落ちているものを、よく拾うたちであった。四つ五つの頃、『日劇夏の踊り』を観ている最中に、サッキ、コレ拾ッタヨ、としきりに訴えるので、道ばたのものなんぞ、やたら拾うんじゃない、と叱りつつとりあげると、私の財布だった。

十二、三歳の頃、両親につれられて日暮里に住む、元作家いまは一人暮しの老人Aさんを訪問した。父親が、散歩がてら蕎麦でも食べませんか、とひきこもり勝ちのAさんを誘った。鶴のように痩せた着流しのAさんと父親、その一メートルうしろを母親の私、その一メートルうしろをH、と縦列を作って谷中の墓地を抜けて行った。つい先だって終わったばかりの東京オリンピックの話をAさんは夢中になってしておられた。

「何といっても君、閉会式がよかったじゃないか。人間っていいなあとつくづく思った。人間を信じたい気持がこの僕にも湧いたよ……」Hがうしろから私をつつき、

「お財布拾った。あのおじさんの」とささやいて、手縫いの布財布を見せた。子供用みたいに小さかった。涙ぐんだ声で、ひたすら話し続けておられるAさんに、もしや、

と財布を差し出すと、Aさんは「や」と一と声、そそくさとふところにしまい込まれた。そしてオリンピックの話はもうやめ、蕎麦屋へ到着するまでの間、元気がなくなってしまわれた。

　また、これは七、八年前、京都のお寺へ上ったときのこと。法要のあと、本堂から別棟の控えの間にうつるため、金襴緞子の頭巾をかぶり、金襴緞子の装束をまとい、金襴緞子のスリッパを履いた坊様のうしろに私、そのうしろにHと、一列になってつきしたがい、静かな気持で長い廊下を渡って行ったとき、Hが私をつつき「あのお坊様が」と、金襴緞子の大きな財布を見せた。坊様は落ちつきはらった様子をして受けとられ、どこかにしまい込まれたが、何だかあわてておられるようにも見えた。（小さいのでも、大きいのでも、ヒトに財布を見られると、羞ずかしいのだ。）

　Hは京都の町を一人歩きしていたときに、風に吹かれてひらひらと顔前にとんできた一万円札を、ハタと両掌で挟んでうけとめ、ありがたく使わせて頂いたこともある。するすると地べたを滑って近寄ってきた五千円札をパタリと靴底でとり押えたこともあった。

　いままでは拾う側の人であったのに、立場が逆になったのである。

スーパーマーケットの店員は、財布の落しものは今のところ今日は一件もない、といった。近くの交番の中には、おまわりさんが三人並んで立っていた。七時位になっていた。まん中の一番若い人に向ってHが事情を訴えると、まん中の人だけ椅子をひいて腰かけ、机の抽出しから紙を出し、住所氏名電話番号、落した時間、財布の中身などを書き入れる。先ず、ボールペンを握った右手をかざし、これから記入すべき文字を一々口中で呟きながら宙に書いて確かめる。それから用紙に書き入れるのでのろく、ときどき、あ、あ、しまったと小さく舌打ちしては破り、用紙をかえて書き直すので、ますますのろかった。

ベレー帽をかぶった六十位にみえる小さな男が、こんちわ、と入ってきて、しきりにおじぎをし、一番年かさのおまわりさんに耳打ちして何事か訴える。「よし、わかった。ハイ、公園にでも行って遊んできなさい」と、おまわりさんが背中を軽く叩いて押し出すと、ハイ、ハイ、ハイ、としきりにおじぎをして出て行った。

私たちの係のおまわりさんは財布の大きさや形について訊いた。この位、とHが答えると、そんな大きな財布？　そういうのは小物入れっていうんだろ、と言って、小物入れと記入した（らしかった）。くり返し、大きさを訊きただした。そのたびに、

Hは、この位、と両手を使って大きさを作ってみせるのだけれど、そのたびに、

「さっきは、これ位、と言ったじゃない。だんだん大きくなるじゃないか」と、信用出来ないといった眼つきをした。こういう場に臨んださいには、特に正確さを心掛けねばならない、と私は思った。

「いいえ。この位でした」と、私が大きさを手で示した。すると、

「またまた大きさがちがったじゃないか」と焦れったそうになった。財布の色合についても質問をくり返した。「赤茶色です」とHが答えると、

「あれ、さっきはベージュって言ったね。ベージュってのは、（と自分の手の甲を叩き）こういう人間の皮の色のことだろ。赤茶と全然ちがうじゃないか」と言った。もっと正確に答えねば、と私が目に力をこめて言った。「赤茶じゃなくて海老茶です」

おまわりさんは深い息をつき、くたびれたような顔になって私を見つめた。

むき出しの腕を投げ出すように膝に置いて、ドーナツ型丸椅子に腰かけているHの左脇を、二番目に若いおまわりさんが、さっきから往ったり来たりしていた。壁のカレンダーや鏡や天井を漠然と眺めまわしているような、のんきそうな眼つきをことさらにしてみせながら。そのおまわりさんが中途半端なところで突然立ち止まり、体を

ねじって振り向くなり、矢継早やにHに話しかけてきた。「そのあと何《なに》？　かきこわし？　陽やけ？　海へ行ったの？」何気ない軽い調子だが、見下ろしている眼にわくわくしたツヤがあった。

「ああ、これ？　蚊にくわれたあと。あせもでも何でもすぐ痕《あと》になるたちなの」左肘の内側の皮膚をさすりながら答えると、「ふうん」と言って、まことにつまらなそうな風であった。

もう一人、おまわりさんが自転車に乗って戻ってきた。帽子をとって、ハンカチで濃い毛髪の頭のまわりを拭きながら、

「暑い暑い。むしゃむしゃするなあ。今朝生卵のんだせいか、むかむかする。俺、生卵キライなんだ」と言った。むしゃむしゃするなどという言葉、おまわりさんの口からきかされると怖い気がするなあ、とその人の顔をぼんやり見上げていると、筆記係からいきさつをきいていたその人が、

「置き忘れだって？　地べたに？　そういうのは落したっていうんだろ」と言った。

「いいえ、置き忘れです。落したのならボトンと音がしますもの、大きなお財布だから。いや、ボッタンかな。ポッタンかな」正確に言いあらわさねば、と用心深く私は

答えた。

「これでいいですか」筆記係のおまわりさんが、ようやく書きあがった用紙を年かさのおまわりさんに見せた。

「出てくるでしょうか」帰りぎわにHがきいた。

「まあ、たまに出てくることもあるけれど」と筆記係のおまわりさんは言い、

「なに。たいてい出てくるよ」と年かさのおまわりさんは言った。

小さな台風が来る来ると天気予報で騒いでいたが、来なかった。交番の中に腰を下ろしているとき、かぶさった高速道路とビルの間から見える西の空に、弱々しい稲光りが三度ばかり走っていたが、それだけで晴れた夜空になった。

「おまわりさんて目ざといね。じろじろ見られてるとは気がついてたんだ。いきなり、ずばりと訊くね。はっと動揺したら、それで薬射ってるって見破るつもりだったんだ」

公園の池の畔りのベンチに、体格のいい水商売風の女の人がスカートを膝までたくし上げ、小型犬を抱いてタバコをふかしていた。蔓がのび放題の藤棚から、紙きれのような白いものが池めがけて斜めに落下、水面すれすれを羽ばたき渡って、植込みの

暗がりに消えた。アメリカから渡ってきて大量発生中だという毒蛾を退治する区役所の一斉消毒が済んだあとらしい。暗がりからは病院の廊下に似た匂いが漂ってくる。

雑居ビルが林立する横町を鉤《かぎ》の手に抜けて行くと、一ヵ所だけ太い針金をめぐらして囲った空地は月極駐車場で、とり残された土台のコンクリートや敷石のきれ目にブタクサが茂っている。そのすじ向いの白タイル張り新築ビルの一階は、ウィーン風パリ風ギリシャ・ローマ風アメリカ風が入り混じった造りのカフェバーで、ステンドグラスをとりつけた入口ドアのまん前に、植物模様の彫刻をあしらったニセ大理石の、一抱えもある無意味な円柱が据えてある。

「こないだ、夜遅くにここを通ったら、酔払ったお相撲さんが倒れてましたよ。ユカタ着て」入口ドアと円柱の間に挟まったようになって、青色タイルの床の上にひっくり返り、気持よさそうに眠っていたそうだ。

ある日。

暑いと欲が湧かなくなる。下田の境界線のことでAU事務所に行った。万全の構えでかけ合うつもりで、電車の中でもセリフの練習しながら行ったのに、うまくいかなかった。いいなりになってしまった。

炎昼、千駄木から三崎坂へ向ってゆっくり歩いて行く。左手のお寺の塀に、『円朝まつり』ののぼり旗と、『円朝コレクション幽霊画公開』の立看板あり。O家通夜告別式の日時を記した黒枠の貼紙のある門を入った。さっき通り過ぎてきたお寺の門にも黒枠の紙が貼ってあった。二月八月、お寺は忙しい。

円朝作『真景累ケ淵』は怖い。誤って人を殺《あや》めたのがはじまりで父子二代（父親と息子兄弟）にわたって、お化けにとりつかれる。男はなかなか女にもてるタチで、女とねんごろになると、必ず相手の女の顔にぽつりと一つ吹出物が出来る。怖い。腫れて膿んで面相が変ってゆく。怖い。そして女は次々に、自分でのどをかき切ったり、頭をわられたりして、死んでゆく。凶器はすべて鎌である。すべて鎌、そこが最も怖い。草刈りの農夫が昼間土手に忘れていった鎌を、駆落ちの晩に踏んでしまう女。納屋で男に迫られて倒れた拍子に、藁に埋まっていた押切り鎌で背中を切る女。男は元はそれほどワルでもない男なのだが、関わり合う女は皆お化けになってしまうという、――女運が悪かったとしかいいようのない男なのだが、あまりにひどい目にあわされるので、そのたびに怖がったりウンザリしたりしながら、少しずつ少しずつ、ワルになっていく。

　本堂は、東京の下町のお寺らしい、すっきりした造りである。靴下をぬいで回廊の木目の浮き出た厚板を踏む。見物人は、私のほかに赤ん坊を背負った若夫婦だけ。

『三遊亭円朝遺愛の幽霊画百幅の中の一部。死後藤浦某の所有となり更に同家より円朝菩提寺全生庵へ寄附せしものにて門外不出の寺宝として名高い』

○深夜愛児の枕辺に姿を現わした母親幽霊。

○蚊遣火と老婆幽霊。

○新宿十二社《そう》の大滝に現われたわが子を守る父親幽霊。

○東海道藤沢宿遊女屋の病気の遊女幽霊。

○牡丹灯籠のお露。

○どくろを持つ夫婦幽霊。

○髪の毛を口にくわえる遊女時鳥の幽霊。

○蚊帳の外に佇つ女幽霊。

○秋の夜に現われた平安朝風の上品な女幽霊。

○尺八を吹いて波間に立つ男幽霊。

○若い娘に慕い寄る好色幽霊。
○床柱によりかかる幽霊。
○瞽女《ごぜ》河を渡る図。
○盲人幽霊。
○堕落僧幽霊。
○水死人幽霊。
○一通の手紙から現われた女幽霊。
○豪雨の中、庭に現われた幽霊。
などなど。

展示室は、小ぢんまりとして明るく、風が通って気持よかった。海にも山にも行けそうにない暮しのうかがえる、まだ少年少女のような若夫婦は、一言もしゃべらず、ひっそりと見物し終わったのち、板敷の床の隅に赤ん坊をねかせ、おしめを替えていた。展示室の床には、全身の鱗一枚一枚にガラス玉をはめ込んだ木彫りの龍の置物なども一緒に置いてあった。これは円朝の遺品ではなく、ここの坊様の趣味の品物であるらしかった。

墓地の中は空が高く青く、石と石の間に実生の鶏頭が何十本も真赤だった。円朝のお墓は、そこからだけ太く一本、線香の煙が立ち昇っていたので、すぐ見当がついた。しんとした表通りを再び歩きはじめると、暑い‼ くしゃみが出そうになる。コールタールの溶けてゆく匂い。道端に積まれた古いタイヤ、棄ててある錆びた乳母車。ほとんどの家が出入口の黝《くろず》んだ格子戸や二階の窓を半分だけあけて、吊るしたすだれやレースのカーテンの裾を表に出している。透けて覗ける家の中は、ほら穴のように暗い。コバルト色にチカチカ光るつけ放しのテレビ。ぺたりと坐りこんで見入っている老婆。玄関の上りはなに足をはだけて化粧に精出している女。

路地から出てきた、上半身裸で白いステテコの男が、肩をゆするような妙な歩き方で何か白いものを抱えて歩いてくる。すれちがうとき、眼があいたばかりの生れたての赤ん坊を抱えているのだとわかる。

氷屋に入った。先客の父親と男の子が氷メロンと氷イチゴをのんでいた。壁には富士山の写真額、表彰状。棚には剝製の鳥と片目入ったダルマ、花のひらいた朝顔の鉢。

「これ、ほんとの朝顔？ 造花かと思った。おタクで咲かせたのですか」

「ええ、朝咲いたのをうちの中へ入れると、いつまでも咲いていますよ」

「うちのは咲かないな」

「蔓切ると咲くんです。芽つまなきゃ」

「ハサミで？」

「指で。指がいいんですよ。タネ十粒播いて、七つ八つ出ます。毎年咲かせてます」、奥から出てきた坊主刈りの主人と父親が話している。私は氷水《すい》をのんだ。

セールスマン風の男が入ってきて、

「のりまきあります？」と言った。

「おいなりさんになっちゃうの」

「じゃあ、おいなりさん六つ、ゆで卵二つ。塩もね」、くるんで貰うと出て行った。


父親と男の子はプールの帰りらしく、ビニールの袋を足元の床に置き、濡れた頭をしていた。

「校長先生の部屋の隣りの部屋。皆が集まってきて何かするとこあるだろ。あすこは何室だ？」

「知らん」

「職員室？　治療室？」

「知らん」二人とも体から力が抜けて出てしまったあとの、夢遊病者のような声。

もう一人、セールスマン風の陽にやけた男が入ってきて、おいなりさん四つ、おかかのおにぎり二つ、それとゆで卵二つ、包んで貰って出て行った。

いれちがいに、また別の男が入ってきて、今度は腰かけ、おいなりさん五つにゆで卵二つ、生姜たくさんつけてね、と頼んだ。

よく神社の境内などで、大木の根元や石段に腰をおろし、鞄抱えた背広の男がバナナを食べている。バナナも面倒臭くない滋養物だけれど、猛暑の日には、この方がいいかもしれない。ゆで卵はどうも胸につかえて食べられないなどというようになったら、男はおしまいね、きっと。

この日、このあと、不忍池まで行った。上野夏まつり納涼大会の最中で、池の畔に、植木屋、石灯籠と石の店、カミキリ虫クワガタ虫と虫籠の店、サボテンの店、楽焼屋そのほかが天幕やよしずを張っていた。植木鉢屋と金魚屋の間に、剝製屋が店を出していた。剝製の大白熊は入りきらないらしく、天幕の外に出されて池の方を向き、西陽を浴びてつっ立っていた。『世界最大の巨大熊四百五十万円を二百五十万円』と書いた紙が、前肢をあげてゆらりと立ち上った熊の長いお腹に貼ってあった。もう一枚の貼り紙には、『さわる人、一貝（一回のことか？）百円』皆、この白熊、好きなのである。ことに男が好きなのである。むくむくした男たちがやってきては、買えないから撫でさすって行く。だいぶん前、浅草に蚤の市があった頃、大天幕の中にいたあの白熊ではないか、と顔を懐かしくうち眺めたけれど、そのようでもあるし、そうでないようでもあるし。ひょっとしてあの剝製屋のおじさんがいるかしら、元気かしら、と辺りをみまわしてみたけれど、天幕の中には大亀の剝製や火鉢を拭いているおにいさんが二人いるだけだった。

ある日。（富士北麓）

Hより食料品を詰めた宅配便、正午届く。中に入っていたHの手紙。

「――中国では一人ッ子政策をやっていますが、その一人ッ子を過保護に育てるので問題が起きてきたそうです。親が節約してお粥を食べているのに、一人ッ子だけが肉まんを食べたりしているのです。――」私は考えた。つまり、この宅急便は（うちは中国とは逆に、一人ッ子であっても自分はお粥をすすり、おかあさんにはいろいろとデパートで買いあつめた食料をせっせと送っていますよ）という意味かな。それとも

（うちも中国と同じようですね。おかあさんは山で不自由な生活をし、子供の私は東京でぜいたくをしています。すみませんねえ。よってデパートで買いあつめた食料品をお送りします）という意味かな。考えてみたが、はっきりしなかった。

管理所まで電話をかけに行く。ここずっと毎年、緊急の用事の電話は、向いの沢の会社寮でかけさせて貰っていたのだけれど、今年は雨戸が閉まったきり、寮のまわりは草茫々で、管理人Aさんの姿も見えない。北隣りのT荘は、もっと前から戸閉めで、十年ぐらいTさんには会ったことがない。去年だか一昨年だかにAさんから聞いた話では、Tさんはソコヒになってから、山に来るのが億劫になったらしい。

「熱海にそれはそれはいい別荘をお持ちで（Aさんは行ったことがあるらしい）、寝室なんかガラス張り、朝日が寝ている顔に射してくる具合です。山の上で、下に熱海の町が見えて、その向うは海です。芝生など五センチぐらいの短さに、いちめん平らに刈り込まれていて、植木なんか全部まあるくまあるく刈り込んで、手入れが行き届いてます。極楽ですね。そこからみれば、ここは冬なんぞ下手に家ん中と外を出たり入ったりすりゃあ、そのたんびに血圧が荒く上り下りして脳溢血のもとでさね。年寄りにゃ夏場しか使えませんわ。月とスッポンのちがいッ」

管理所まで四十分余もかけてのろのろと歩いて行く。去年、捻挫で不自由した右足が梅雨どきからまた痛みだしているが、昨日あたりからだいぶよくなってきたような気がする。冷房も扇風機も使わない暮しがいいのかもしれない。それとも靴をやめて藁草履で歩いているせいかもしれない。

隅々まで鋼のようにはりつめた真青な空を、一かたまりの底光りする白い雲が茄子色の影を草原に大きく落して渡って行く。これ以上気温が上昇すれば煙をあげて燃えはじめそうな長々と続く一本道。虫下しの海人草をのまされたあとのように眼の前が白んで、まわり一帯が遠のいて行く。右手の草むらから滑り出てきた細い蛇が、朱色の縞の背中をくねらせ光らせ、首をせい一杯のばして前進、ひと息しては前進、炎天下のアスファルト道を横断して左手の沢にぽとりと滑り落ちた。

電話、東京二ヵ所へかけたのち、Ｄさんの家の前を通ると、機械が破れ砕けんばかりにテレビが鳴り響いている居間の片隅で、床に四つん這いになって何か探しておられる様子のＤさんが、木立と網戸を透かして見えた。Ｄさんも立ち止まって覗き見している私に気がつき、何かしら言いながら網戸をあけ、サンダルをつっかけて高床のテラスから庭へおりてこられた。おりてこられて向い合うと、のっけに、

「大岡さんがいなくなられて、わたしらはさみしいことですな」と言われた。Ｄさんと私は赤松の幹にそれぞれ寄り掛かり、庭でしばらく立話をした。

夏の間、山にきて暮す大岡さんとＤさんと河口湖北岸に家を持つＯさん三人の仲よしは、年に一度、八月のお盆に入る前の一夜、麓の町の小料理屋に集まって飲食する会を続けておられた。味噌っかすだが、あれも誘ってやろうではないか、と大岡さんの声がかかり、数年前から私もまぜて頂くようになり、以来Ｄさんと知り合いになったのである。

「わたしは大岡さんと同い年です」Ｄさんは弁護士という職業柄からか、力強いはっきりしたしゃべり方をされる。耳が遠いので右耳に補聴器をはめているが、眼鏡の奥の小さな黒い眼は光っているし、赤松の枝にかけた手の甲はニスを塗ったようにツヤがある。六、七年前に夫人を亡くされてから、東京でも山でも自炊の生活をしておられる。Ｄさんと知り合いになったばかりの頃、単身者の先輩である私に、後輩であるＤさんが訪ねられた。

「一人で山におられて淋しくはないですか」

「お天気の日は元気です。雨の日はダメです」と答えると、

「左様。まったく。ここの雨は陰気の極みですな。それはですな。東京の雨は天から真直ぐにサーサーと降りますが、ここの雨はいったん木の枝葉に降って、そこからぽたりぽたりと雫が落ちる。これが底なしの陰気の原因ですなあ」と、たちどころに分析されたので、さすがは弁護士さんだ、と私は深く感心したのである。

「先生はずっとお元気でしたか。わたしは去年、捻挫して足が弱くなってしまいました」

「わたしはいまも申し上げました通り大岡さんと同年で、しかも体が頑丈に出来ているせいか、いままで病気らしい病気もせず大酒を飲んできましたが、去年だったかな、坂を上っていてふっと心臓が苦しくなりました。いよいよお出でなすったかなと病院で診てもらったところ……検査というのは一週間もかかるんですな。結局貧血しているというんです。わたしの年齢からして、そーっとしておいた方がいいと思ったのでしょうか。あまり、これといった治療法を医者は言いませんでした。それで、わたしはゴルフも水泳もまだやりたい気持があるので、別の病院で診てもらいました。一体わたしはあとどの位生きられるでしょうか。あまり早く死ぬんでは治療などしなくても同じだから訊いてみました。医者は……多分お世辞でしょうね……ほかの部分が丈夫だから、あと十年位は、と言うんです。で、その病院で注射をしとります。この注射が劇薬らしいんですよ。この注射をしたあとは往来歩いていてめまいを起しましてね。それが過ぎると楽になるんですが。これをくり返してます。輸血もやっとります。輸血というのは、交通事故とか、ガンの手術のときなどにやるものとばかり思ってましたが、わたしみたいな者の治療にも用いるのですな。外来でずっと待っとって、してもらって帰るんですわ。はじめは五時間もかかりました。ゆっくりゆっくり入れてね。はじめは心臓がちょっとおかしくなりました。輸血というのは、あなた不思議なものですな。入れたらすぐに効いてきます。活力が湧いて、あたりを見回しても面白くて仕方がない」

「めきめきと効いてくるんですか」

「左様。めきめきぐんぐんと。酒を飲んだように元気になる」

「それはどの位の間、効いてますか」

「一回で百八十日位といわれていますが、わたしの場合は、もっと短い。……ああ、もうそろそろ入れにゃならんのです」

「それでは先生は吸血鬼みたいになられたのですね」

「左様。長谷川如是閑が『人間、八十歳を過ぎると生きていることだけで大事業だ』と言われましたが、全くその通りです。わたしは丈夫で医者知らずでずっときましたから、まさか八十になるとこんな妙な風になるとは思いもよらなかった。いや、八十になると大へんですよ。生きているだけで、ほんとーに大事業ですな。大岡さんのような坐っていてものを書くお仕事の方はよろしいですな、年をとられても。わたしの職業は出かけていって、人間が相手ですから年をとると困ります。しかし、年をとったからといって自分の楽しみだけで暮すのでは生甲斐というものが感じられない。自叙伝など書くというテもありますけれど、あれは書いてる間の自己満足に過ぎませんからな。その点、大岡さんはよろしかった。坐ってものを書いておられる——それが世のため人のためにつながっているのですから。わたし、何を食べてもいいんですよ。医者がそう言うのです。酒も大酒でなければいいんです。うまいものを食べて酒も飲めて、年とったらそれでいいじゃないか、と言う人もあります。そう思えたら仕合せですね。そうなりたい、そう思いたいです。しかし、どうもダメです。……若いとき読んだ本がいけなかったですな。マルクスですから。世のため、人のために尽す、働く、——これが人間、と教わってきました。貧乏精神、貧乏根性ですな。近頃、八十の手習いで絵の先生について絵を描いてます。この間、大岡さんの門のところで雨戸の閉まっているお宅をスケッチしてきて、うちへ帰ってきて色を塗ってみました」

帰りぎわ、私は途中のどこか日蔭の石にでも腰かけて食べようと袋に用意してきた薄焼煎餅を摑んで半分だけ差し上げた。Dさんは話を続けながら広い道へ出る角まで送ってこられ、

「トルストイ……うむ。あれも夢中になって読みましたな。あれがいけなかったかな……うむ」首をかしげて一笑、戻って行かれた。

ある日。(富士北麓)

朝のうち、トガワさんがきた。カボチャ、十六ささげ、もろこし、ピーマンなど、出がけに畑に寄ってとりとりきたてです、と泥のついた手でダンボール箱を抱えてきた。お茶をすすって話を一つし、「これから山の仕事場三ヵ所まわらねばなんね、忙しいです」と立ち上り、ズボンをゆすり上げ、ベルトを締め直した。トガワさんのあとからついて門まで送る。庭の中段で立ち止まり、「スズタケがずいぶん多くなったね」とトガワさんはみまわす。人の気を吸うと木は育つらしい。山小屋を建ててから三十

年の間に庭の痩せた赤松は電信柱を何本も並べたように育った。根元など人間の胴体ほどに肥り返って、木肌はハムか牛肉みたいに生々しく赤らんでいる。赤松の間には実生のミズナラも育ち、昔は草の庭であったのに林の庭に変った。斑らにしか陽が射さなくなって、草は花をつけなくなり、代って北隣りのT荘の庭の竹が境を越えて根を張りだした。T荘では大枚のお金を出してわざわざ植木屋に植えさせたというのに、どうしたことかT荘の庭には茂らず、うちの庭にきて盛んにはびこり、いま庭の中腹一帯は道も見えなくなっている。

「この辺にゃスズタケは少ねえです。スズタケはいまじゃ刈るもんもあんましいねえけんど、わしら昔は山一つ越して道志までスズタケ刈りに出かけたもんです。スズタケはこんぐれえ古いのを刈って剝き、節んところをそいで四ツ割りに裂く。鋼板にあけた小せえ孔に通して同じ太さにそぎ揃えてから、笊《ざる》や背負い籠を作る。フチだけは柔らかい若い竹を使う。スズタケは元親（元株）の方は弱っていて、先へ先へと殖えていった先のとこが元気いいです」

胸の高さまである竹を手の平でさらさらと撫でるようにかきわけて歩きながら、トガワさんは言った。戦後スズタケの仲買をしようと思って一日十里も歩きまわったことがある位だからくわしい。トガワさんはスズタケばかりでなく動物植物鉱物にもくわしい。社会や選挙にもくわしい。歴史にも趣味がある。トガワさんの運転する車で、武田一族滅亡の地であるという日川渓谷から天目山へかけてつれていって貰ったことがある。飛驒高山風の凝った作りの山菜料理屋の前を走り過ぎるときは、「古く見えるがわざわざ新しいのをあぶって古く汚して作ってあるです。こういうのはシデン(自然)ではねえです」と批判し、民宿の前では、「テニスコート一枚あれば十人のお客さんがとれるです」大温室の前では、「ここじゃね。シクラメンを専門に作ってるです。日本人はシクラメンが好きだで」と説明した。自動販売機の前では車をとめ、ジュースを買ってくれた。渓谷沿いの食堂では、ヤマメ定食を奢ってくれた。私が奢りたいと申し出ても、ものすごい顔をして勘定台の前に立ちふさがり、きいてくれなかった。景徳院や龍門峡の土屋惣蔵片手千人切の古蹟では、立札の文句を全文長々と読みあげてきかせてくれた。一日に二回ぐらいしかこない路線バスの終点、天目山の頂上近い村落のあたりは道も桑畑の土も農家の庭も金色というか、黄色が光るというか、光っていた。分校の運動場も光っていた。炎昼、大人も子供も犬猫の影もない。青黒いまで晴れわたった空は手をのばせばさわれそうに近かった。眩しい明るい景色をぼんやり眺めていると、「ここらの山は黄銅鉱をふくんでるです」と教えてくれた。土用の暑い盛りで、たこ八郎が海水浴に行って溺死した夏で、日川渓谷の浅瀬で裸足になって足を冷やして遊んでいるとき、たこちゃんも死んじゃったなあ、と不意に淋しくなったりした。

実はこのスズタケ、全部刈りとってしまおうかと思っていたのだが、いいものが生えている風にトガワさんからきかされると、惜しい気持も湧いてくる。

雨が降る晩、家中の灯りという灯りをつけ放し、テレビをみたり煮物をしたり裁縫をしたりしている。ふっと我に返ったときがいけない。たてきった雨戸の外、壁板の向う、家をとりまく真暗闇の庭は、ばったり時代劇の世界になっていて、雨にあたってざわざわと擦れざわめくスズタケ藪のあちらこちらに手負いの落武者や切腹しかけた侍が息をひそめて蹲《うずく》まっている姿が、いやでも浮ぶ。身がひきしまる。……お化けが怖いタチなのである。

ある日。（富士北麓）

昨夜ねるとき、食卓の枝豆に後肢を高々とたて、長いひげをのばしてとりついていたこおろぎは、一晩のうちに一粒の半分を食べた。朝まだ同じ恰好でとりついていた。

快晴。タケヤア、サオダケエ、と昼ごろ竿竹売りの車が、めずらしく山まで上ってきた。一本も売れなかったらしい。暫らくするとタケヤア、サオダケエの声を流しながら下りていった。

何だか今日もトガワさんが来るような気がした。三時ごろトガワさん来る。右脇に紙包、左脇にカボチャを抱えて庭を下りてきた。私はこの間貰ってまだ食べずに棚に置いてあるカボチャをいそいで隠した。紙包はきゅうりと茄子ととうもろこしとじゃがいもとにんじん。

トガワさんが今日してくれた話。

トガワさんの家の敷地は九百坪ぐらいある。坪十五万円ぐらいはするから、いまは大へんなものだ。昭和三十年ごろは全体で三千万円だった。でも、その前までは三十万円ぐらいだったそうだ。土地が高度成長の一時期に値上りしたから、土地成金がこの辺でもうんといて、土地の争いも絶えないそうである。（この山小屋を建てるとき、石工事一切をトガワさんに頼んだ。そのころトガワさんは、自分の石山から発破で切り出した石を運んできて石垣や土留《どど》めの石段をこしらえる石屋さんだった。いまは公共事業も請負う土建会社の社長さんである。胸に金色のボールペンをさしてる。）

トガワさんの弟さんも石屋さんをやっていた。弟さんは旧登山道の上り口に七百坪ばかりの土地を持っていたが、敗戦後、ホンダのバイクがどうしても欲しくて（なぜ欲しいかというと、それにまたがって石山へつっ走って行きてえという気持だとトガワさんは説明を加えた）、坪百五十円だかで手放して、ホンダのバイクを当時六万円か七万円で買ったのだそうだ。

「いまになって考えてみりゃ、損をしたです。いま持ってりゃあ、あの辺は坪七万か八万、九万、いやまっとするら。七万としても四千万か五千万のものになってる。ホンダのバイクはいまでも六万か七万で買えるら」

「あたしの兄さんという人もね」似たようなことを思い出したので私も話した。「丁度そのころだと思う。ラッキーストライクが喫いたいばっかりに山林を売り払いましたよ。あのころのアメリカ煙草は禁制品で進駐軍ＰＸ横流しの闇値段だったから、えらく高かったでしょう。もっともまだ煙草の喫えない弟妹《あたしら》にも、ふんだんにＰＸ横流しのドーナツとか金紙に包んだ胡桃入りの玉チョコなんか買ってきてくれたから、みんなして寄ってたかって肺や胃袋に入れたわけ。アメリカ人になったみたいだなんてね、うっとりして……。あっという間に山林は煙になって、たちまち日本人に戻っちゃった」

トガワさんは、いままで遠慮して食べないでいた焼きいかへ矢庭に手をのばすと立て続けにくしゃくしゃと食べはじめた。そうして、かねがね猿蟹合戦に登場する栗の髭武者のようと私が感服している古風な顔を、お酒を飲んだように真赤にして、そうかねそうかね、と肯きながら低く笑いだした。笑いがとぎれると、涙の出てきた眼をこすり、そうかねそうかね、山林が……そうかねそうかね、とまたくり返して、ずい分と長い間笑っていた。

毎年そうだ。いまごろは虫にくわれる。二人ともシャツの上から、鳩尾やお腹のあたりを無茶苦茶にひっかきながら話をした。

夜、机の上でキンバエが、金色の卵みたいなものを（宇津救命丸ぐらいの大きさ）ころがして、いつまでも遊んでいた。虫か何かの眼玉か。

追記。トガワさんは、山林が煙になった話が何故か気に入ったらしく、このあともくる度に私にその話をさせようとして、それとなく水を向けるので、私は何回か同じ話をした。トガワさんは待ちかまえていて、ひとしきり笑った。

ある日。

修理に出した双眼鏡を受けとりに安売りカメラ屋Sに行く。

Sのエレベーターは昇降も開閉も、普通のエレベーターより随分とす早いように思えるのだが、狭苦しい箱に寿司詰めに乗り込んだ男たちは、乗り込んだとたんにパンチパーマやポマードの匂いのする頭部をふりたてて宙をにらみ、「遅いなあ」と舌打ちしたり、貧乏ゆすりしたり、腕をのばして「閉」のボタンをぐいぐいと矢鱈に押したりしている。（こういうの、イヤだなあと思う私は、いまどきの日本人に、まだまだなりきれていないのだ。）

双眼鏡の売場には先客が一人。レインコートを着た白髪頭の、世の中のきびしさを一身に背負ったような小柄な痩せた男が、ビニールの紙袋を手首にぶら下げたまま、こめかみに青筋を浮かせて、あれこれと双眼鏡を覗いてみていたが、買わないで立ち去った。

どの階にもSの社歌と宣伝放送が絶えまなく響き流れていて、それは日本語は勿論、フランス語、中国語、韓国語、英語でも放送している。ドイツ語でもやっている。中国語の放送をきくと中国人になったみたいな気がする。韓国語の放送になると韓国人になった気がする。

それから、デパートへ華道某流派家元の作品展を観に行った。これを観て感想を述べるように、とタダの切符を貰ったので。金糸銀糸でぼかした雲や山の模様の帯を、クッションをあてがったように背負った和服姿の中高年婦人が充満している。しゃべり声、笑い声が充満している。脂粉の香りと二酸化炭素が充満している。

家元の作品のまわりに群がりたかって動こうとしないので、近寄って観ようとしても観られない。だから感想なんか湧かないのだった。写真をうつしたりうつされたり、おじぎし合ったり、ひとしきりどよめき堪能すると、婦人たちは会場を出て、——あ、その前に場内で三種類の妙な柄の風呂敷（家元が考案したらしい）を行列して買い、——それから出口に隣接した特設売場で流派関係の本や家元の色紙を買い、出した財布を握りしめたなり、そのまた隣りに続けてある大北海道食品展に雪崩れ移って、いろいろと買っている。

私は大北海道展で、カボチャの粉と蜂蜜と旭川駅弁わっぱめし弁当を買った。かに弁当、うに弁当、いくら弁当、かにいくらうにミックス弁当、どれも八百円である。

本当はうに一色に絞りたかったが、ひょっとしてまずかったら、と不安になり、うにもかにもいくらも入っているミックスにした。このミックス弁当の考案者はえらい。うに、いくら、かには、日本人の三大……（なんだ？　こういうのを何というのだろう？）……三大食べたいもの？　であるから、私たちはどれにしたらいいかと、そぞろ迷ってしまう。迷ったあげく、ミックス弁当下さいといって、ほっと安心するのだ。

　人工芝を敷いた屋上の白ペンキで塗った椅子テーブルやベンチには、茶色の顔の外交員風の男や、ふとん綿みたいな顔色のヒモネクタイの老人が、離れ離れに腰かけて、新聞を読んだり煙草を吸ったりしている。眠ってる人もいる。パンダや象の遊具に乗る子供の姿は見当らず、水たまりに生肉色の肢を浸して鳩が水をのんでいる。お相撲さんが一人、金網に手をかけてどこか遠い方を見ている。私も双眼鏡で眺めたら、どこまでも盡きない道の遠くを、紫の旗と日章旗をたてた右翼の車が三台、のろのろと動いて行くのが見えた。

　背中を丸めて箸を使って何か食べている予備校生か大学生風の男のベンチに行って腰かけて、弁当の掛紐をといた。その男が食べているのもミックス弁当だった。エレベーターがとまって、三々五々おばさんたちが賑やかに屋上へくり出してきた。陽当りのいい場所を選んで席をとったおばさんたちも、すぐに缶入りウーロン茶とミックス弁当を取り出して食べはじめる。

ときどき排気の音がして、汚れた布を煮出したような匂いの生温かい気体が排気塔から吐き出されるが、すぐ風に乗って散らばる。

――田舎出の売春婦をつれた主人公が、冬の夕方、デパートの屋上に上る。ベンチには、そこを客引きの舞台に使っているポンビキのヘンな男が坐っている。その屋上からの眺めと、主人公とヘンな男とがやりとりする絶妙な会話。――『街の底で』(吉行淳之介著)の中の一番好きな場面だ。東京の景色。東京の空気。東京に住んでる男たち。デパートの屋上にくると『街の底で』のその一節を思い出して、つい、あたりを見まわしてしまう。

それにしても、陽にあたってるときの顔って、ダメだなあ、人間は。けものはそんなことないのに。

ある日。

ここずっとビデオ屋で借りてきたテープを毎日、朝御飯のときにかけて見ている。

一昨日はロバート・アルトマンの『ウエディング』。

昨日は『風の輝く朝に』。

NHKの朝の連続ドラマ『凜凜と』にひきつづき『京ふたり』を見たくないので。

今朝はロバート・アルトマンの『マッシュ』。

墓参りにHと行く。帰り、駅前のビデオ屋で、『ツイン・ピークス』と『リチャード三世』を借りた。借賃は一本一泊二日三百八十円。うちは二人で見るから一本につき、半額ずつ出し合うことにとりきめてある。『リチャード三世』を見ながら晩御飯を食べたあと、隣り町の商店街へ阿波踊り大会を見物に出かけた。通りを流して踊って行くのを実際に見るのは、はじめてで、想像よりずっと明るく気持がよかった。菊水連の踊りが一番であった。ヤットセーヤットヤットヤットセー。

「さあ、うちへ早く帰って『ツイン・ピークス』見ましょう。デビッド・リンチですよ。嬉しいなあ。どんなかなあ。楽しみですよ」

『リチャード三世』見てから阿波踊りを見て、とって返して『ツイン・ピークス』を見る。頭ん中、どうなってるのかしら。

ある日。

こないだうちから借りたビデオ。『カリフォルニア・ドールズ』『盗聴』『クルージング』『マルクス兄弟』『座頭市鉄火旅』。忘れて同じものを借りるといやだから書きとめておく。『コンバット』（ロバート・アルトマン監督の二本）。『刑事グラハム』『4番目の男』『処女の生血』。

昨日、Hが借りてきたリドリー・スコットのフランス物時代劇『デュエリスト』は、決闘ばかりやって一生を送ってしまう運命の男の話。『ブレードランナー』を作った人の映画とは思えないつまらなさだった。昨夜見たあと、私は長々と悪口を言った。今日になっても思い出して悪口をつけ足していると、

「わるうございました。このビデオの借賃の半分は頂かなくてもいいです。申しわけないから」と、H言う。そして、これからは、つまらないものを借りてきた人は、借賃は全額自分持ちの上、つまらないものを見せられてしまった相手の人に、罰としてナニガシかを支払うことにしよう、と言った。

ある日。

朝のうち、代々木公園を歩き、足の具合が今日は大へんいいので、明治神宮まで久しぶりに行った。中鳥居の脇の御手洗場の左右二本の柱に掲げてある明治天皇（右）と昭憲皇太后（左）の御歌（確か毎日とり替えられる）は、今日は月と雁だった。自然の風物を詠まれても、国民の心になり代って詠まれても、ご自身の心を詠まれても、いつも同じような調子の御歌であるが、朗々としておられるところが、さすがである。十人ばかりかたまって東南アジア系の若い男女が歩いていた。そのうちの一人の男は、買いたてらしい日本製カメラを得意そうに嬉しそうにいじくり回しながら（まわりの仲間たちは覗きこんだり、一寸触らせてもらったりして羨まし気だった）歩いていたが、石畳に落してしまった。まわりの仲間たちはアッと声をあげた。男はすぐ拾いあげ、埃を払って抱え、あちこち調べていたが、声をあげて泣きはじめた。

本殿の両脇の回廊では、全国各地から献上された白菜、根菜、酒、米、味噌などの飾りつけを、いましがた終えたところで、白衣水色の袴の神主と背広の男たちが出来栄えを点検していた。鉢植の懸崖《けんがい》の小菊や大輪菊の展覧会もやっていた。菊にはそれぞれ名前がついていた。「大力」という名の菊が、一株に何百という花をつけていた。いい名前。

肝臓を患い、秋になって再入院したヤマキさんを見舞に行った日は、十一月のはじめの晴れた午後だった。丁度、その頃、同じ病院に、同じく旧い友人のＯ氏も内臓大手術のあと再入院していたから、Ｏ氏の病室にも寄るつもりだった。地下鉄湯島駅の角の「つる瀬」で、自分用に大きなどら焼を二つ買い、左へゆるやかにうねって先が見えない切通坂を病院へ向って上って行った。坂の途中にある天神様で、菊人形と菊の展覧会をやっていた。よしずで囲い、さしかけの屋根から紫の幕を垂らした舞台に、その年のテレビ大河ドラマの主人公たちや歌舞伎や物語で名高い人物が、お城や紅葉の木や夕焼の山々などを描いた背景の前に、菊の着物を着せられ、それぞれに見得をきり硬直していた。長刀《なぎなた》を構えた老女、ひざまずき手をさしのべ首をかしげて殿様を見ているお姫様、白柄の刀をさし、ひげの剃りあとが青いお供の武士。『浦島太郎と乙姫様』は、間に合わなかったのか、乙姫様は菊の着物を着ていたが浦島太郎と亀は絵具を塗ったベニヤ板で、亀の尻尾に菊がついているだけであった。また乙姫様は足にごく普通の家庭用ビニール製スリッパを履いていた。人形たちの顔は馬鹿に端正で真白く、髪の毛が黒くたっぷりしていた。

西陽にくるまった境内には琴尺八の音楽が拡声器から流れ、菊まつり用に作った人工泉水には水車がまわり、せせらぎの音がしていた。銀杏の樹の下に台を据えた暦売りが、亭主持つならウシトラタツ、覚えておきな。サルドシミドシは、可愛い子供さんいても必ず別れる……、と節をつけて相性の講釈をしていた。美人でも不美人でもない地味なみなりの女が一人それをきいていた。不忍池をさして戻る水鳥の群が、空の高みをときどきかん高い声で鳴いて通った。

O氏の病棟へ行くと、O氏は水色のパジャマで向うむきになり、同室の患者たちと話をしていた。頭の毛のむしれ具合ですぐ分ったが、よくこういう人もいるので、用心して「Oさん」と声をかけたら、振り向きざまにおどけた調子で掛ぶとんをポンと叩き、相好をくずした。ここへ坐れ、いやあすこの方がいいかなと指図したのち、「肝臓はシロだった。×研とここをくらべると、ここの方が心というものがある」と言った。それはどういうことですかと訊くと、×研の食事とここの食事をくらべると、だいたい材料は同じようなものだけど、ここの方が人間的で心がこもっているのだ、と言った。そして声を小さくして、差額ベッドがどうとかでと病院の料金のことと郵便貯金通帳のことを言ったが、声が小さすぎてよく分らなかった。

「西武が勝つとバーゲンやるんだってね。俺、行きたい。安いんだってね。背広買いたいんだ、痩せたから。皆だぶだぶになっちゃった。半額だって？　ガウンも買いたい。これ、いいでしょ（と水色のパジャマをひっぱる）。入院のとき買ったんだ。……いや、イトーヨーカ堂じゃないよ。大丸デパートで。あすこは安いなあ。背広一着一万二千八百円よ。上下で。東京オリンピックの年から変らないんだ。靴は千円高くなったなあ。靴だって二千八百円だよ」と、一人勝手に立て続けにしゃべり、次第にツヤのある大声になった。同室の患者たちが横眼でにらんでいた。O氏にはお見舞の品持ってこなかったので、

「どら焼二つ持ってるけど、一つ置いて行こうか」と言うと、辺りを見まわしてから、

「うん」と肯いた。

「どら焼は二日ぐらいもつから、少しずつ食べればかまわないでしょう」と言うと、

「そうだ。どら焼はもつからね。最初に皮だけ食べてさ。中のあんこは丸めて別にしてとっておく」と言うから、皮だけ好きなのかな、それとも食事に気をつけて、あんこ類は食べないのかな、と思ったら、

「次の日、丸めておいたあんこにお湯をさして汁粉にして食う」と言った。グアム島の横井さんみたいにツヨいんだな、と私は思った。

ヤマキさんの病棟へ行くとヤマキさんは一人部屋に眠っていた。黄色のと透明のと三種類の点滴をしながら、ひっきりなしに丸く口をあけて、赤ん坊のようなアクビをしていた。白皙《はくせき》の顔は黄ばんで二回りほど小さくなったように見えた。

ヤマキさんの病棟は昔ながらの建物で、天井がずいぶん高かったように思う。そのためか、水底にいるようで、廊下を向うからやってくるエプロン姿のヤマキ夫人の歩き方は水底を歩いてくるように見えた。廊下の柱の蔭のバネのこわれた長椅子に腰かけて、ヤマキ夫人と私は、水底のヒトデとナマコみたいに、頭を寄せて話をした。

病院を出ると夜になっていた。調剤薬局や漢方薬局、飾り窓に耳や脊椎や眼球の構造模型が置いてある店や理化学実験器具製作所などの並んだ薄暗い人影のない道を真直ぐに歩いて春日通りに出ると、そこからは世間で、大通りには世間の車が前灯後灯を眩しく曳いてしゅうしゅうと往き交い、結婚披露宴の帰りらしい礼装の世間の男女が寿の風呂敷包をぶら下げて、四、五人ずつ談笑しながら、切通坂の方へだらだらと下って行った。

　このままずっと電車に乗って帰るのは帰り難かった。もう一度菊人形でも見直して、世間の人に戻りきってから、と切通坂門の石段を上った。明るいうち絶えず聞えていた琴尺八の音楽も泉水の音も止まり、暦売りも店をたたんでいなかった。坂の下の遠くで石焼芋の売り声がしていた。売り声は、だんだん坂を上ってくるらしかった。消し残された灯籠から射してくる灯りと菊の花そのものの明るさで、おぼろに浮んでいる菊人形たちには、どこか様子に昼間にはない生々しさがあった。近寄ってみると、えがらっぽい湿った菊の匂いを昼間より逞しく吐き出している人形たちには（盗難やいたずらを用心してのことだろう）、どれも首がなかった。

表門の方から、和服を着た女と黒い服の男が、もつれるようにやってきて、すれちがった途端、「なんだこれ、おい変だぞ。痛くなった」と、男が片足をひきずりはじめた。「あんた、また病気出たの」あとは聞きとれない言葉になって、二人くすくす笑いながら切通坂門へ抜けて行った。

ヤマキさんは間もなく、まだ菊まつりが終わらないうちに死んだ。六、七年経つ。大量の菊の花と葉とその匂いを嗅ぐと、思い出す。

ある日。（京都）

お札所の裏口の土間には、炭火のおこる匂いがして無人。上がりかまちに三越の包装紙にくるんだ和菓子らしい包が置いてある。樒《しきみ》と線香を勝手に貰って、柱にかけてある箱に志を入れておいた。

深い木立の向うに見え隠れして眼下にひろがる京都の町。ひしめき群がる魚の背びれのような瓦屋根。ところどころ鈍く光るのは流れる川。聞えてくる運動会のラジオ体操の号令と音楽。小さく小さく見える万国旗。うしろを振り仰ぐと青空と山の頂上が迫ってすぐそばにある。ここは山腹の古い寺の墓地で、ここから頂上にかけての急傾斜には、木の間隠れ藪隠れに点々と、あるいはかたまって、白茶けて苔むした小さな墓石が見える。昔、この辺りや鴨川べりで討死した無名の人たちの無縁墓だという。ほとんどの墓石は傾いたり転げたり崩れたりしている。

墓地の外れ近く、樟《くす》の大木の根元にある、おむすびの形をした墓石の落葉を払い、缶ビールを抜いて濡らす。蜂がやってきて石のくぼみに溜った汁に落下、あわてふためいてよじ上った。口を開いて汁を吐きつつ紐の切れはしのような胴体と羽をひきずって這いまわる。片方折れ曲ってしまった柔らかそうな黒い触覚を確かめるようにしきりと動かしていたが、羽をふるってとび立っていった。線香の煙が濡れた石にまつわり、揺れくずれて薄まり、ようやく消えて行く。隣りの墓石には梅干が一粒あがっている。

「缶ビールを下さい。別に怪しい者ではございません……」

死病の床に就いた夫は、あるか無いかのぼそぼそした声を出して、禁じられた飲み物をねだった。

「缶ビールをポンと抜いてスッと飲む。簡単なことでしょう？ 缶ビールを下さい。別に怪しい者ではございません……」手つきをしておどけてせがんだ。おかしくなって笑うと、この俺だっておかしくてたまんないや、といった風に歯のない口をあけて一緒になって笑った。

さっきから緑色のズボンをはいた色の黒い男が紙袋を二つもぶら下げて、墓石の間を夢遊病者の如く歩きまわっている。酔払いのようでもあり、家のない人のようでもある。この間『カスパー・ハウザーの謎』という映画を観に小さな試写室へ行ったら、こういう感じの人が隣りに座った。足の間の床に置いた大きな紙袋から、何種類もの袋菓子を代る代るとり出し、あれこれと食べていた。その人は「先生先生」と係の人によばれていて、映画がはじまると、ときどき手帳に字らしいものを書いていた。……ひょっとしたら、この人も京都の映画評論家かもしれない。しきりに、しゃっくりをしている。静かだからよく聞える。

井戸端で樒の束を揃えて水に浸していた墓守りのおじさんは、またお越しを、と愛想のいい挨拶をしてくれる。少年の夫が僧侶である父親につれられて得度をうけにあがったというこの寺の墓地に、夫の分骨を納めて十数年になる。おじさんは私のことを、タケダユリコという人の墓参りに、年に一度か二度東京からやってくる身寄りかなにかと思い込んでいる。どうしたいきさつで、いつ頃からまちがったのか、とにかくそう思い込んでいる。いつでしたか背広の男の方がお越しになられましたので御案内しました、などと言う。

自分の飼っていた猫や犬の毛色や体形についてまちがわれたりすると、いえ、うちの猫は三毛猫で痩せちゃいませんでした、などと厳重にいちいち訂正せずにはいられないくせに、こうしたまちがいは気にならない。樟の根元に、もう一人の私が埋まっていてもイヤじゃない。

勢至堂お札千円。樒、線香は志。おじさんへ心づけ。水塔婆は二枚六百円。昼カレーライス㈡二千円。夜先斗町で、生ビールとお好み焼千八百円。

ある日。（京都）

午後、三十三間堂へ行き、博物館へ行き、博物館の売店で絵葉書を三千四百円も買ってしまった。それから九条の東福寺へ行った。

大きなお寺が好きだ。例えば奈良の東大寺。境内の建物もあまりに広大で、坊様の姿をついぞ一人も見かけたことがない。年末のお身ぬぐいや早春のお水取りの行事をテレビで見ていると、坊様があとからあとから現われて、血気さかんな冬瓜のような頭をふりたてふりたて煤払いをしたり、たいまつを持って走りまわったりしているが、あの沢山の坊様たちはどこへどう隠れたのだろう。見事に一人も姿を見せないのだ。

東福寺でも、しいんとした境内のはるか彼方を早足で横ぎって行く坊様を一人、何年か前に一度ちらりと見かけただけだ。今日はもう夕方、三重にかかった橋を渡ったり回廊をめぐったり、長い石段を上ったりして山の奥のお堂まで行きたいけれど、途中で俄かに辺りが暗くなってきそうで怖い。

アカザの草むらで虫が鳴いている。子供が三人、西陽の中で赤土をふりまいて遊んでいる。そのうしろに荒い格子がはめられた低い屋根の頑丈そうな古いお堂がある。「東司」と札がかけてある。厠のこと、と添書きがしてある。昔の坊様の便所だ。何度かきているのに気がつかなかった。格子から覗くと、薄暗いがらんとした堂内には、元は緑色であったらしい大きな壺や木製の桶や板ぎれが、埃をかぶって地べたに散乱、地べたのところどころには丸い穴が掘ってある。湿気と埃と泥のにおい。文字の並んだ板が壁にかかっている。絵入りである。人体のいろいろな形が描いてあるらしい。眼のわるい私には読みとれないが、感心なことが書いてあるのではないか。格子にしがみついてHが読みとってくれる。

「白紙にキゴーをなし、月輪の如く円にして、……その次には絵が描いてある。それから、先ず小便を三度、ついで大便を洗う。洗浄如法にして浄潔とする。右手に洗桶をもち厠門を出る。五律あり。洗桶に水をとりて右手で持つ。左手で門扉をあける。浄厠上。……そのあとむずかしーい字が四つ書いてあって読めない。そのあとナントカす。ナントカの両辺をふんで、その次マタグという字みたいのに入という字、ナントカ入して用足す。ナントカ尿後、便ナントカす。ナントカはナントカに置かれている。断面三角形につくられたナントカ木製のものである。タケカンムリに船という字が書いてありますよ。何て読むのかな。〓は不浄をナントカする具である。そのあと二つ絵が描いてある……」

　宿のお風呂に入ったあと、買ってきた絵葉書をあらためてよく見る。互いのも見せ合う。鉄斎のが一番いい。鉄斎の富士山をもっと買ってくればよかった。伊藤若冲の野菜涅槃図ももっと買いたい。鳥獣戯画も、応挙の大虎も、もっと欲しくなってくる。Hは明日もう一度博物館へ入って買ってくるという。二人で行くと二人分入場料をとられる、勿体ないから一人で入って私の分も買ってくるという。

　京都は女がやってきて嬉しがってお金をつかうところだ。千代紙の箱だの便箋だの人形だのお菓子だの袋物だの佃煮だの漬物だの、名所旧跡や町の通りをワアワアキャアキャア言って歩いているうちに、ついふらふらと買ってしまう。男はやってきてもちっとも面白そうにしていない。見物してもどうってことないといった顔をして歩いている。目的がちがうのですね、楽しみの。昨夜、先斗町を通ったら、七十五ぐらいにみえる小柄の老人が、白粉を真白に塗った三十五ぐらいの豊満な和服美人と手をとり合って実に嬉しそうに歩いていた。

「絵葉書はいいよね。無駄づかいではないよ。お菓子だと食べすぎて気持わるくなるが、絵葉書にはそういうことがない。人に出さなければ減らないし」そう言うと、

「無駄づかいするときに必ず理屈をつける人ですね」とH笑う。

三十三間堂入場料㈡八百円。参詣のしおり六百円。博物館入場料㈡七百円。絵葉書(百合子分)三千四百円。にしんそば㈡千五百円。楽京三百円。すぐきと浅漬千円。にしん姿煮六百円。佃煮三種類千五百円。わらび餅抹茶付き四百円。コーヒー四百円。

部屋のテレビで、ベルイマンの映画を延々と深夜まで観た。ベルイマンの映画をみていると、夫婦っていいなあ、と思う。

あとがき

一九八八年六月より一九九一年四月までの三年間、マリ・クレール誌に連載したものが本になりました。（冒頭の七ページから二三ページまでは和光PR誌「チャイム銀座」に発表したものです。）ところどころ、加筆訂正削除しました。

私の五番目の文集です。四番目の『遊覧日記』から五年経ちます。なかみは変りばえがありません。うつむいて差し出します。

文中の知人友人のうち、いくたりかは、三年の間（今日までで四年の間）に他界されました。文中の風物も、今日訪ねて行ってみれば、変るか消えるかしているでしょう。校正刷をまとめて読み返していて、そのことにあらためて気がつきました。

それから、文中、飲み食いの条《くだ》りの多いこと、その蚕食の日日の報いで、いま私は、心臓ほか、あちこちわるくなって養生につとめる身です。

連載中、体の故障が多くて、そのたびに休みました。わがままを許して下さいました安原顯氏とマリ・クレール編集部に御礼を。上梓にあたり、お世話になりました書籍編集局笠松巌氏と横田朋音さんに御礼を。

一九九二年五月

著　者

「日日雑記」について

武田　花

「エッセイなんて、それがどうしたと言われれば、何でもないもんだ。へへ」

なんて、ちょっとべらんめえな口調で言っていた母でしたが。

早朝、襖《ふすま》の向こうから電灯の光が漏《も》れているので声をかけたら、

「ひとつだけ気になるところがあったから、ずうっと考えてたら朝になっちゃった。でも、出来たわよ。きょう、なんかおいしいもの食べに行こうか」と、母の声。

文章のたった一箇所の「てにをは」をどうするか、一晩中考えていたというのです。ムムム、そこまでするのかあ……私は驚き、唸《うな》

りました。そんなことが何度もあります。
ことばには厳しかった母です。

この本のタイトルをヒビザッキと読む方が多いと編集部の方から伺いました。放っておいたら、母に叱られそうです。「日日雑記」は、ニチニチザッキと読むのです。本人がそう言っておりました。

（たけだ・はな　写真家）

『日日雑記』一九九二年七月　中央公論社刊
『日日雑記』一九九七年二月　中公文庫

本文中、今日の人権意識に照らして、言い換えるべき語句や表現が見られますが、著者が他界していること、執筆当時の時代背景や作品の文化的価値を考慮し、底本のままとしました。

JASRAC 出 2304404-301

中公文庫

日《ひ》日《び》雑《ざっ》記《き》
——新装版《しんそうばん》

2023年7月25日　初版発行

著　者　武田《たけだ》百合子《ゆりこ》

発行者　安 部 順 一

発行所　中央公論新社
〒100-8152　東京都千代田区大手町1-7-1
電話　販売 03-5299-1730　編集 03-5299-1890
URL https://www.chuko.co.jp/

ＤＴＰ　平面惑星
印　刷　三晃印刷
製　本　小泉製本

Published by CHUOKORON-SHINSHA, INC.
Printed in Japan　ISBN978-4-12-207394-4 C1195

定価はカバーに表示してあります。落丁本・乱丁本はお手数ですが小社販売部宛お送り下さい。送料小社負担にてお取り替えいたします。

中公文庫既刊より

各書目の下段の数字はISBNコードです。978-4-12が省略してあります。

た-15-9
新版 犬が星見た ロシア旅行　武田百合子
夫・武田泰淳とその友人、竹内好との旅を、天真爛漫な目で綴った旅行記。読売文学賞受賞作。竹内好の随筆「交友四十年」を収録した新版。〈解説〉阿部公彦
206651-9

た-15-10
富士日記（上）新版　武田百合子
夫・武田泰淳と過ごした富士山麓での十三年間を克明に描いた日記文学の白眉。昭和三十九年七月から四十一年九月分を収録。〈巻末エッセイ〉大岡昇平
206737-0

た-15-11
富士日記（中）新版　武田百合子
愛犬の死、湖上花火、大岡昇平夫妻との交流。昭和四十一年十月から四十四年六月の日記を収録する。田村俊子賞受賞作。〈巻末エッセイ〉しまおまほ
206746-2

た-15-12
富士日記（下）新版　武田百合子
季節のうつろい、そして夫の病。山荘でともに過ごした最後の日々を綴る。昭和四十四年七月から五十一年九月までを収めた最終巻。〈巻末エッセイ〉武田　花
206754-7

た-15-13
絵葉書のように　武田百合子　武田　花 編
単行本未収録エッセイ集『あの頃』から、夫・武田泰淳や友人たちとの思い出、街歩き、旅、食べ物などについて綴ったエッセイ五十四編を厳選し、収録する。
207341-8

た-13-5
十三妹《シイサンメイ》　武田　泰淳
強くて美貌でしっかり者。女賊として名を轟かせた十三妹は、良家の奥方に落ち着いたはずだったが……中国古典に取材した痛快新聞小説。〈解説〉田中芳樹
204020-5

た-13-6
ニセ札つかいの手記 武田泰淳異色短篇集　武田　泰淳
表題作のほか「白昼の通り魔」「空間の犯罪」など、独特のユーモアと視覚に支えられた七作を収録。戦後文学の旗手、再発見につながる短篇集。
205683-1

た-13-7
淫女と豪傑 武田泰淳中国小説集
武田泰淳
中国古典への耽溺、大陸風景への深い愛着から生まれた、血と官能に満ちた淫女・豪傑の物語。評論一篇を含む九作を収録。〈解説〉高崎俊夫
205744-9

た-13-8
富士
武田泰淳
悠揚たる富士に見おろされる精神病院を舞台に、人間の狂気と正常の謎にいどみ、深い人間哲学をくりひろげる武田文学の最高傑作。〈解説〉堀江敏幸
206625-0

た-13-9
目まいのする散歩
武田泰淳
歩を進めれば、現在と過去の記憶が響きあい、新たな記憶が甦る……。野間文芸賞受賞作。巻末エッセイ「丈夫な女房はありがたい」などを収めた増補新版。
206637-3

た-13-10
新・東海道五十三次
武田泰淳
妻の運転でたどった五十三次の風景は――。自作解説「東海道五十三次クルマ哲学」、武田花の随筆「うちの車と私」を収録した増補新版。〈解説〉高瀬善夫
206659-5

た-13-11
司馬遷
武田泰淳
『史記』の構造を読み解きながら個人の力とその関係に着目した司馬遷の歴史観を浮き彫りにする。著者の第一著作にして代表作。〈解説〉中野重治／竹内好
207260-2

た-13-12
貴族の階段
武田泰淳
陸軍大臣と父・公爵の密談から、青年将校の蹶起計画を知った氷見子は。二・二六事件前夜の貴族と軍人の暗闘を、氷見子の目を通して描く。〈解説〉奥泉光
207273-2

た-80-1
犬の足あと 猫のひげ
武田花
天気のいい日は撮影旅行に。出かけた先ででくわした奇妙な出来事、好きな風景、そして思い出すことどもを自在に綴る撮影日記。写真二十余点も収録。
205285-7

い-42-3
いずれ我が身も
色川武大
歳にふさわしい格好をしてみるかと思っても、長年にわたって磨き込んだみっともなさは変えられない――永遠の〈不良少年〉が博打を友を語るエッセイ集。
204342-8

各書目の下段の数字はISBNコードです。978-4-12が省略してあります。

う-37-1
怠惰の美徳
梅崎春生
荻原魚雷 編
戦後派を代表する作家が、怠け者のまま如何に生きてきたかを綴った随筆と短篇小説を収録。真面目で変でおもしろい、ユーモア溢れる文庫オリジナル作品集。
206540-6

う-37-2
ボロ家の春秋
梅崎春生
直木賞受賞の表題作と「黒い花」をはじめ候補作全四篇に、小説をめぐる随筆を併録した文庫オリジナル作品集。〈巻末エッセイ〉野呂邦暢〈解説〉荻原魚雷
207075-2

う-37-3
カロや 愛猫作品集
梅崎春生
吾輩はカロである——。「猫の話」「カロ三代」ほか飼い猫と家族とのドタバタを描いた小説・随筆を中心に編集した文庫オリジナル作品集。〈解説〉荻原魚雷
207196-4

お-2-10
ゴルフ酒旅
大岡昇平
獅子文六、石原慎太郎ら文士とのゴルフ、一年におよぶ米欧旅行の見聞……。多忙な作家の執筆の合間には、いつも「ゴルフ、酒、旅」があった。〈解説〉宮田毬栄
206224-5

お-2-11
ミンドロ島ふたたび
大岡昇平
自らの生と死との彷徨の跡。亡き戦友への追慕と鎮魂の情をこめて、詩情ゆたかに戦場の島を描く。『俘虜記』の舞台、ミンドロ、レイテへの旅。〈解説〉湯川 豊
206272-6

お-2-12
大岡昇平 歴史小説集成
大岡昇平
「挙兵」「吉村虎太郎」など長篇『天誅組』に連なる作品群ほか、「高杉晋作」「竜馬殺し」「将門記」など戦争小説としての歴史小説全10編。〈解説〉川村 湊
206352-5

お-2-13
レイテ戦記（一）
大岡昇平
太平洋戦争の天王山・レイテ島での死闘を再現した戦記文学の金字塔。巻末に講演「『レイテ戦記』の意図」を付す。毎日芸術賞受賞。〈解説〉大江健三郎
206576-5

お-2-14
レイテ戦記（二）
大岡昇平
リモン峠で戦った第一師団の歩兵は、日本の歴史自身と戦っていたのである——インタビュー「『レイテ戦記』を語る」を収録。〈解説〉加賀乙彦
206580-2

お-2-15
レイテ戦記（三）
大岡　昇平

マッカーサー大将がレイテ戦終結を宣言後も、徹底抗戦を続ける日本軍。大西巨人との対談「戦争・文学・人間」を巻末に新収録。〈解説〉菅野昭正

206595-6

お-2-16
レイテ戦記（四）
大岡　昇平

太平洋戦争最悪の戦場を鎮魂の祈りを込め描く著者渾身の巨篇。巻末に「連載後記」、エッセイ「『レイテ戦記』を直す」を新たに付す。〈解説〉加藤陽子

206610-6

お-2-17
小林秀雄
大岡　昇平

親交五十五年、評論から追悼文まで「人生の教師」であった批評家の詩と真実を綴った全文集。巻末に小林との対談収録。文庫オリジナル。〈解説〉山城むつみ

206656-4

お-2-18
成城だより　付・作家の日記
大岡　昇平

文学、映画、漫画……闊達に綴った日記文学。一九七九年十一月から八〇年十月まで。「作家の日記」を併録。全三巻。〈巻末付録〉小林信彦・三島由紀夫

206765-3

お-2-19
成城だよりⅡ
大岡　昇平

六十五年を読書にすごせし、わが一生、本の終焉と共に終らんとす——。大いに読み、書く日々。一九八二年一月から十二月まで。〈巻末エッセイ〉保坂和志

206777-6

お-2-20
成城だよりⅢ
大岡　昇平

とにかくひどい戦後四十年目だった——。防衛費一％枠撤廃、靖国参拝……戦後派作家の慷慨。一九八五年一月から十二月まで。全巻完結。〈解説〉金井美恵子

206788-2

か-15-4
迷い猫あずかってます
金井美恵子

ある日、作家の自宅に迷い込んできたオスのトラ猫。トラーと名づけられた猫の自由かつ奔放な振る舞いと、振り回される姉妹の日々を綴る。〈解説〉桜井美穂子

207338-8

た-24-3
ほのぼの路線バスの旅
田中小実昌

バスが大好き——。路線バスで東京を出発して東海道を西へ、山陽道をぬけて鹿児島まで。コミさんのノスタルジック・ジャーニー。〈巻末エッセイ〉戌井昭人

206870-4

各書目の下段の数字はISBNコードです。978-4-12が省略してあります。

た-24-4
ほろよい味の旅　田中小実昌
好きなもの——お粥、酎ハイ、バスの旅。「味な話」「酔虎伝」「ほろよい旅日記」からなる、どこまでも自由で楽しい食・酒・旅エッセイ。〈解説〉角田光代
207030-1

た-24-5
ふらふら日記　田中小実昌
自身のルーツである教会を探すも中々たどり着けなくて——。目の前に来た列車に飛び乗り、海外でもバスでふらふら。気ままな旅はつづく。〈解説〉末井 昭
207190-2

ふ-2-5
みちのくの人形たち　深沢七郎
お産が近づくと屏風を借りにくる村人たち、両腕のない仏さまと人形——奇習と宿業の中に生の暗闇を描いた表題作をはじめ七篇を収録。〈解説〉荒川洋治
205644-2

ふ-2-6
庶民烈伝　深沢七郎
周囲を気遣って本音は言わずにいる老婆(「おくま嘘歌」)、美しくも滑稽な四姉妹(「お燈明の姉妹」)ほか、烈しくも哀愁漂う庶民を描いた連作短篇集。〈解説〉蜂飼 耳
205745-6

ふ-2-7
楢山節考／東北の神武たち　深沢七郎初期短篇集　深沢七郎
「楢山節考」をはじめとする初期短篇のほか、伊藤整・武田泰淳・三島由紀夫による選評などを収録。文壇に衝撃をもって迎えられた当時の様子を再現する。〈解説〉小山田浩子
206010-4

ふ-2-8
言わなければよかったのに日記　深沢七郎
小説「楢山節考」でデビューした著者が、武田泰淳、正宗白鳥ら畏敬する作家との交流を綴る文壇日記。巻末に武田百合子との対談を付す。〈解説〉尾辻克彦
206443-0

ふ-2-9
書かなければよかったのに日記　深沢七郎
ロングセラー『言わなければよかったのに日記』の姉妹編(『流浪の手記』改題)。飄々とした独特の味わいとユーモアがにじむエッセイ集。〈解説〉戌井昭人
206674-8

む-11-4
極上の流転　堀文子への旅　村松友視
九五歳を超えてなお、新作を描き続ける画家、堀文子。その毅然とした生き方と、独特のユーモアに魅了された著者が描く渾身の評伝。巻末に堀文子との対談を付す。
206187-3

む-11-5
金沢の不思議 村松友視
歴史と文化、伝統と変容が溶け合う町、金沢。この街に惚れ込み、三十年に亘り通い続けてきた著者が、ガイドブックでは知り得ない魅力を綴る。
206304-4

よ-5-8
汽車旅の酒 吉田健一
旅をこよなく愛する文士が美酒と美食を求めて、金沢へ、そして各地へ。ユーモアに満ち、ダンディズムが光る汽車旅エッセイを初集成。〈解説〉長谷川郁夫
206080-7

よ-5-9
わが人生処方 吉田健一
独特の人生観を綴った洒脱な文章から名篇「余生の文学」まで。大人の風格漂う人生と読書をめぐる随想集。吉田暁子・松浦寿輝対談を併録。文庫オリジナル。
206421-8

よ-5-10
舌鼓ところどころ／私の食物誌 吉田健一
グルマン吉田健一の名を広く知らしめた「舌鼓ところどころ」、全国各地の旨いものを紹介する「私の食物誌」。著者の二大食味随筆を一冊にした待望の決定版。
206409-6

よ-5-11
酒 談 義 吉田健一
少しばかり飲むというの程つまらないことはない——。飲み方から各種酒の味、思い出の酒場まで、ユーモラスに綴る究極の酒エッセイ集。文庫オリジナル。
206397-6

よ-5-12
父のこと 吉田健一
ワンマン宰相はワンマン親爺だったのか。長男である著者の吉田茂に関する全エッセイと父子対談「大磯清談」を併せた待望の一冊。吉田茂没後50年記念出版。
206453-9

よ-5-13
酒宴／残光 吉田健一短篇小説集成 吉田健一
翻訳、批評から小説へと自在に往還し独自の文学世界を築いた文士・吉田健一。その初期短篇小説集『酒宴』『残光』の全一七篇を収録。〈解説〉富士川義之
207194-0

よ-17-9
酒中日記 吉行淳之介編
吉行淳之介、北杜夫、開高健、安岡章太郎、瀬戸内晴美、遠藤周作、阿川弘之、結城昌治、近藤啓太郎、生島治郎、水上勉他——作家の酒席をのぞき見る。
204507-1

各書目の下段の数字はISBNコードです。978－4－12が省略してあります。

よ-17-10
また酒中日記　吉行淳之介編
銀座や赤坂、六本木で飲む仲間との語らい酒、先輩たちと飲む昔を懐かしむ酒——文人たちの酒にまつわる出来事や思いを綴った酒気漂う珠玉のエッセイ集。
204600-9

よ-17-11
好色一代男　吉行淳之介訳
生涯にたわむれし女三千七百四十二人、終には女護の島へと船出し行方知れずとなる稀代の遊蕩児世之介の物語が、最高の訳者を得て甦る。〈解説〉林　望
204976-5

よ-17-12
贋食物誌《にせしょくもつし》　吉行淳之介
たべものを話の枕にして、豊富な人生経験を自在に語る、洒脱なエッセイ集。本文と絶妙なコントラストを描く山藤章二のイラスト一〇一点を併録する。
205405-9

よ-17-13
不作法のすすめ　吉行淳之介
文壇きっての紳士が語るアソビ、紳士の条件。著者自身の酒場における変遷やダンディズム等々を通して「人間らしい人間」を指南する洒脱なエッセイ集。
205566-7

よ-17-14
吉行淳之介娼婦小説集成　吉行淳之介
赤線地帯の疲労が心と身体に降り積もり、街から抜け出せなくなる繊細な神経の女たち。「赤線の娼婦」を描いた全十篇に自作に関するエッセイを加えた決定版。
205969-6

よ-17-15
文章読本　吉行淳之介選　日本ペンクラブ編
名文とは何か——。谷崎潤一郎から安岡章太郎、金井美恵子まで、二十名の錚々たる作家が綴る、文章術の極意と心得。〈巻末対談〉吉行淳之介・丸谷才一
206994-7

よ-17-16
子供の領分　吉行淳之介
教科書で読み継がれた名篇「童謡」など、早熟でどこか醒めた少年の世界を描く十篇。随筆「子供の時間」他一篇を付す。〈巻末エッセイ〉安岡章太郎・吉行和子
207132-2

よ-17-17
ネコ・ロマンチスム　吉行淳之介編
気まぐれで不可思議で魅力的な生き物に、夢と現実のあわいへ導かれる——。豪華な執筆陣による猫にまつわる幻想的な作品全一三篇を収録。〈解説〉福永　信
207203-9